W0199543

Préface

Chers enfants de 1974,

et 40 en 2014 !

Nous, les enfants de 1974, qui avons eu 18 ans en 1992... Comment décrire ces deux décennies qui nous ont vus naître, grandir et devenir de jeunes adultes ? Ces vingt années de crise économique, de chocs pétroliers en krachs boursiers ; mais aussi de victoires sociales, de l'abolition de la peine de mort à la retraite à 60 ans ?

En écrivant ces lignes, un flot d'images et de sons me vient à l'esprit. Instantanés d'un mur qui s'effondre au son de l'archet glissant sur les cordes du violoncelle de Rostropovitch. Scènes de bruit et de fureur devant les immeubles éventrés de Beyrouth. Sentiment d'effroi et d'admiration en regardant cet homme dressé, seul et désarmé, face à un char d'assaut sur la place Tienanmen.

De Sarajevo à Sarajevo, là où tout commence et tout finit – de la première guerre mondiale à l'effroyable agonie yougoslave –, peut-être en avons-nous tiré ce sentiment confus d'avoir vu finir le XXe siècle. Un siècle qui s'achève dans la fumée noire des puits de pétrole koweitiens en flammes, ou dans la lunette d'un sniper prenant pour cibles des femmes bosniaques parties chercher de l'eau.

On se rappellera aussi le sourire de Nelson Mandela à sa sortie de prison, la moustache de Lech Walesa bravant des vieillards indignes à Moscou, François Mitterrand et Helmut Kohl, main dans la main à Verdun... Tous ces symboles d'espoir ont marqué notre jeunesse.

Mais au-delà des convulsions du monde, cette période fut avant tout celle de notre enfance, de la joie et de l'insouciance. L'école, les boums, les filles : nous avons grandi dans une société apaisée qui, en dépit du drame du sida et de problématiques écologiques de plus en plus pesantes, nous offrait un avenir plein de promesses.

Nous avons pleuré nos idoles : John Lennon, Coluche, Serge Gainsbourg, Daniel Balavoine, Georges Brassens, Freddie Mercury... mais nous avons ri avec Les Nuls, Les Inconnus ou Les Bronzés...

Bercés de musique, d'ABBA à Nirvana, émerveillés devant *Star Wars* ou face aux *Aventuriers de l'arche perdue*, nous avons plongé avec délices dans ces années 1980. C'étaient des années fric, des années paillettes, mais dont les progrès – le TGV, les navettes spatiales, l'informatique, les jeux vidéo... – annonçaient la révolution technologique qui bouleverserait les vingt premières années du XXIe siècle.

Jean-Charles Arnaud

1974-1976

À la découverte du monde

Faire-part de naissance.

Born to be alive

Dans les années 1970, il n'est plus rare de naître à l'hôpital, et la plupart des accouchements se font désormais dans un environnement médicalisé. Les progrès de la médecine et la volonté de réduire les risques ont poussé les médecins à ne plus pratiquer d'accouchements à domicile, à l'origine de tant de drames touchant la mère ou l'enfant. Cette politique volontariste a permis de réduire le taux de mortalité infantile.

Chronologie

12/02/74 coucou, c cc !

2 avril 1974
Le président Georges Pompidou meurt des suites d'une longue maladie.

6 avril 1974
Le groupe suédois ABBA remporte le concours Eurovision de la chanson avec Waterloo.

25 avril 1974
Révolution des Œillets au Portugal. Un coup d'État militaire renverse la dictature de Marcelo Caetano.

19 mai 1974
Élection de Valéry Giscard d'Estaing à la présidence de la République.

26 juin 1974
Le film *Emmanuelle*, avec Sylvia Kristel, attire 8,8 millions de spectateurs au cinéma.

5 juillet 1974
La majorité civique passe de 21 à 18 ans.

9 août 1974
Démission de Richard Nixon suite au scandale du Watergate. Il est remplacé par Gerald Ford.

6 janvier 1975
Naissance de TF1, Antenne 2 et FR3.

17 avril 1975
Au Cambodge, les Khmers rouges prennent Phnom Penh.

25 avril 1975
Suicide de Mike Brant.

30 avril 1975
Fin de la guerre du Vietnam.

1er juillet 1975
Mise en circulation de la Carte orange.

20 novembre 1975
Mort de Franco : Juan Carlos Ier monte sur le trône d'Espagne.

30 novembre 1975
Une équipe d'archéologues dirigée par Yves Coppens découvre les ossements d'une australopithèque de 3,2 millions d'années, qui sera baptisée Lucy.

3 avril 1976
Première cérémonie des Césars : *Le Vieux Fusil* de Robert Enrico est sacré meilleur film.

12 mai 1976
Les Verts de Saint-Étienne perdent la finale de la Coupe européenne des clubs champions de football contre le Bayern de Munich.

19 juillet 1976
La gymnaste roumaine Nadia Comaneci remporte cinq médailles, dont trois d'or, aux jeux Olympiques de Montréal.

On nous promène encore dans des landaus élégants mais peu maniables.

À peine sommes-nous venus au monde qu'on dresse déjà notre premier bilan de santé : poids, taille, réflexes… Tout est scrupuleusement noté dans notre carnet de santé, véritable dossier médical de poche rempli mois après mois. Pendant les premières années de ma vie, le mien deviendra un véritable inventaire des maladies infantiles : rubéole, varicelle, rougeole, oreillons… Tout y passe. Heureusement, infections et virus restent le plus souvent bénins et, grâce aux vaccins, j'échappe aux plus terribles d'entre eux. La polio, la tuberculose, la coqueluche : toutes ces infections qui ont fait tant de ravages tendent à disparaître sous les effets conjugués des campagnes de vaccination et de

ABBA, le groupe venu du froid.

l'amélioration des conditions de vie comme d'hygiène. La variole, souvent mortelle, est même éradiquée de la surface du globe à la fin des années 1970.

Le progrès technologique facilite grandement le quotidien de nos parents. Couches jetables, lait maternisé, appareil à stériliser, petits pots de fruits et de légumes… Il est désormais plus facile de s'organiser, et les pères commencent à mettre la main à la pâte, même s'il reste encore beaucoup de chemin à parcourir dans le partage des tâches ménagères.

Ravitaillement.

Comme les Rois mages en Galilée

Je suis le premier enfant de la famille, autant dire que j'étais attendu comme le Messie. Et comme tout messie qui vient au monde, j'ai droit au défilé des Rois mages devant mon berceau.

Le cliché vaut surtout pour le look et la déco.

Famille et amis me gâtent : pyjamas, chaussons… Je suis très à la mode dans ma grenouillère bleu électrique ou dans mon pyjama jaune à motifs floraux. Poussette, landau, baignoire en plastique… Tout est prévu, y compris les gadgets comme les presse-purée ou les robots ménagers spécial nourrisson. On n'oubliera pas le côté ludique, avec un mobile diffusant une jolie mélodie métallique, l'indémodable Sophie la girafe et tous les autres jouets en caoutchouc que je vais pouvoir mâchouiller avec délectation en gloussant d'aise à chaque « pouêt-pouêt ».

Premiers sourires, premier Noël, premier anniversaire, visite aux arrière-grands-parents… Aucun de mes gestes n'échappe au regard mécanique des appareils photos, des caméras Super 8 et autres Polaroïd. Chaque déplacement effectué par le nouveau venu est prétexte à dégainer le must de la technologie dernier cri.

Pour montrer diapositives et films, on organisera de véritables séances de projection, où la rencontre entre bébé et le chat de la maison s'intercalera entre les vacances en Espagne d'un cousin et le passionnant exposé d'un grand-oncle sur les calvaires bretons.

Nos premières paroles seront consignées grâce à un magnétophone à cassettes : on enregistrera nos babillages, noyés sous le flot des paroles d'encouragement de nos parents, débordant d'admiration pour leur petit prodige.

Première cérémonie et nouvelle occasion de briller sous les flashes : le baptême. Vêtu d'une petite robe blanche, entouré de ses parents, parrain et marraine, le bambin reçoit l'onction du prêtre avant que chacun ne vienne déposer de nouvelles offrandes aux pieds du nouveau baptisé. Chaîne, médaille, gourmette en or, timbale et couverts en argent... Toute cette quincaillerie se verra immédiatement inventoriée dans le Livre de bébé, où nos parents notent jour après jour tous les épisodes de notre courte vie.

Aux marches du palais, *Fais dodo Colas mon p'tit frère*... C'est dans ce livre et dans divers recueils de chanson française traditionnelle que ma mère pioche les berceuses qui m'endorment après un biberon bien mérité, vu l'énergie dépensée à essayer de marcher.

Après avoir rampé puis évolué à quatre pattes dans mon parc en bois, je commence à trottiner juste après avoir soufflé ma première bougie. Ces courses effrénées finissent souvent sur les fesses et en pleurs. L'inlassable découverte de mon environnement m'occupe la plupart du temps, et je reste à mille lieues des problèmes du monde qui m'entoure.

Les grandes dates

SON PREMIER SOURIRE : 1 mois
SA PREMIÈRE DENT : 7 mois
SES PREMIERS MOTS : Maman
SA PREMIÈRE FESSÉE :
SES PREMIERS PAS : A QUATRE PATTES : 8 mois
A GENOUX :
LES VRAIS : 14 mois

SA PREMIÈRE MÈCHE DE CHEVEUX

Le Livre de bébé, première biographie officielle.

Manifestation en soutien à la loi Veil sur le droit à l'avortement.

La femme est l'avenir de l'homme

Les femmes ont été à la pointe des combats de Mai 68. Fortes du constat qu'elles sont encore souvent des « citoyens de seconde zone », cantonnées aux tâches ménagères et à l'éducation des enfants, elles engagent une lutte qui commence par le droit à disposer librement de leur corps. Premier combat, première victoire : en 1972, la loi Neuwirth autorisant la contraception orale entre enfin en vigueur. Deuxième bataille : celle du droit à l'avortement, jusque-là considéré comme un crime. En 1971, Le Nouvel Observateur *publie Le Manifeste des 343, bientôt rebaptisé « Manifeste des 343 salopes », une pétition signée par des femmes déclarant avoir subi un avortement.*
Trois ans plus tard, en décembre 1974, Simone Veil, ministre de la Santé, défend devant l'Assemblée nationale un projet de loi visant à dépénaliser l'interruption volontaire de grossesse (IVG). Conspuée et insultée, elle finira par obtenir le vote du texte en janvier 1975.
Par la suite, la lutte s'étend à d'autres terrains : en 1975, les prostituées interpellent ainsi l'opinion publique sur leur droit à la dignité. Le féminisme est alors avant tout symbolisé par le Mouvement de libération des femmes (MLF). Parmi celles qui ont su briser les chaînes du machisme et du patriarcat, on citera, pêle-mêle, Arlette Laguiller, première candidate aux élections présidentielles (1974), Marguerite Yourcenar, première femme élue à l'Académie française (1980), et Édith Cresson, première femme nommée Premier ministre (1991).

Hors de question de rester une seconde de plus dans cette prison dorée.

L'art d'être grands-parents.

La crise ? Quelle crise ?

Naître en 1974, c'est aussi débarquer dans une France déboussolée. Le grand élan contestataire de Mai 68 a fait évoluer la société, notamment en ouvrant la voie à la libéralisation des mœurs, à l'émancipation des femmes et à la prise en compte des aspirations des jeunes générations. En ce début des années 1970, rien ne semble vouloir enrayer la marche du progrès. Même les deux « grands » semblent disposés à dialoguer pour faire taire la menace d'une apocalypse nucléaire.

Sur le plan économique, même si quelques indicateurs sont passés à l'orange au début de la décennie, la croissance est toujours au rendez-vous. Le niveau d'inflation reste raisonnable et la courbe du chômage, presque rectiligne.

Si tout n'est pas parfait et si certaines inégalités demeurent, dans l'ensemble, le pays baigne dans la béatitude d'une société de consommation permettant quasiment à chacun d'accéder à un confort raisonnable, fait de machine à laver, de télévision et de vacances à la mer. Le calme avant la tempête.

En octobre 1973, la guerre éclate entre les pays arabes et Israël. Baptisé « guerre du Kippour », cet énième conflit proche-oriental aura des conséquences inattendues sur les pays occidentaux. En effet, quelques semaines après le début des combats, les pays arabes membres de l'OPEP (Organisation des pays exportateurs de pétrole) décrètent un embargo pétrolier à destination des pays soutenant Israël. Peu de temps après, l'OPEP accentuera cette pression en réduisant la production et en augmentant le prix du baril de 70 %.

Pour les pays occidentaux, c'est la catastrophe. La croissance industrielle des trente années précédentes reposait notamment sur le faible coût des matières premières. Très vite, l'ensemble des indicateurs économiques passent au rouge. En moins d'un an, les États-Unis et l'Europe plongent dans l'une des pires crises de leur histoire. Les mesures prises en urgence s'avèrent inefficaces. Le commerce international, puis la production industrielle, s'effondrent. Fatale, la mécanique s'emballe : faillites, chômage, inflation et conflits sociaux font désormais partie du quotidien des Français.

« En France, on n'a pas de pétrole, mais on a des idées »

En France, la crise économique se double d'un choc politique puisqu'en avril 1974, le président Georges Pompidou est terrassé par la maladie. Sa mort, puis son remplacement par Valéry Giscard d'Estaing, semblent marquer la fin de la France du général de Gaulle.

Les plans visant à stabiliser l'économie, le blocage des prix, l'augmentation des impôts sur le revenu et sur les sociétés... Rien n'y fait. En quelques années, des pans entiers de l'industrie nationale – mines, sidérurgie, industrie automobile – disparaissent ou se voient durablement affaiblis.

La mort de Georges Pompidou, en 1974, achève les années de Gaulle.

Haro sur le gaspi !

Tout est bon pour faire la chasse au « gaspi ». En mars 1976, l'heure d'été est rétablie pour réduire les besoins d'éclairage et économiser l'énergie ; les programmes de télévision s'interrompent à 23 heures. Cette volonté de limiter la facture énergétique du pays se retrouve dans un slogan qui fleurit alors dans les médias : « En France, on n'a pas de pétrole, mais on a des idées. »

Et comme si cela ne suffisait pas, l'été 1976 est marqué par une sécheresse d'une rare ampleur. Pendant plusieurs mois, pas une goutte de pluie ne tombe sur le pays. L'agriculture est évidemment la première victime de la pénurie d'eau. Les récoltes brûlent sur pied, les bêtes manquent de fourrage, les prix s'envolent. Le pays connaît même des problèmes d'alimentation électrique, puisque les barrages sont vides. Le gouvernement mettra en place un « impôt sécheresse », totalisant 6 milliards de francs, pour permettre l'indemnisation des agriculteurs.

Une tragédie libanaise

Chrétiens et musulmans ont toujours cohabité au Liban. Les violences politiques qui secouent le pays depuis l'indépendance (1946) s'exacerbent au début des années 1970. L'implantation de plusieurs camps de réfugiés palestiniens, chassés par les victoires israéliennes, complique la situation.
Au printemps 1975, des affrontements éclatent entre milices maronites et partisans du rattachement du Liban à une « Grande Syrie ». Le pays bascule bientôt dans la guerre civile. Une frontière invisible, la « ligne verte », divise Beyrouth entre l'Ouest musulman et l'Est chrétien. En 1976, les troupes syriennes, intervenues pour imposer un cessez-le-feu, affrontent les milices chrétiennes. En 1978, suite aux nombreuses attaques lancées par l'OLP, Tel-Aviv déclenchera l'opération « Litani ». Une fois les Palestiniens repoussés vers le nord, les troupes

israéliennes se retirent, laissant la région aux mains d'une troupe de supplétifs, l'armée du Liban Sud. Pour séparer les belligérants, l'ONU déploie un contingent de 4 000 casques bleus, la Force intérimaire des Nations unies au Liban (FINUL).
En juin 1982, après que Tsahal a lancé l'opération « Paix en Galilée », l'OLP abandonne ses positions aux Forces libanaises chrétiennes, qui entreprennent de « nettoyer » les camps de réfugiés. Pendant deux jours, ils ratissent les camps de Sabra et Chatila, se livrant à un horrible massacre. Le leader des maronites, Bachir Gemayel, est élu président puis assassiné : son frère Amine lui succède et fait appel à une force multinationale, placée sous mandat de l'ONU. Cette dernière est rapidement prise pour cible. Elle se retirera peu après l'entrée des chiites libanais dans le conflit, en février 1984. Les enlèvements de diplomates et de journalistes français se multiplient : les photos d'une équipe d'Antenne 2 et du journaliste Roger Auque, pris en otage en 1986, apparaîtront quotidiennement durant trois ans sur les écrans de télévision.
Le pouvoir est alors entre les mains des milices. Amine Gemayel charge son chef d'état-major, Michel Aoun, de diriger un gouvernement militaire, tandis que les musulmans forment leur propre gouvernement à Beyrouth-Ouest. Le 5 novembre 1989, l'Assemblée nationale libanaise, réunie à Taïf en Arabie saoudite, signe la « réconciliation nationale ». René Moawad, puis Elias Hraoui sont élus présidents. Aoun récuse ces accords mais, battu par l'armée et les Syriens, il doit déposer les armes en octobre 1990. Le conflit prend réellement fin. Deux ans plus tard, les élections législatives porteront Rafiq Hariri au pouvoir, qui aura la lourde charge de reconstruire un pays dévasté.

La guerre civile au Liban.

1977-1979

Les autres

Première photo de classe, très colorée.

Un nouveau venu

Les années passent, on grandit, on commence à parler et on devient chaque jour plus autonome. En 1977, nous aurons bientôt 3 ans : il est grand temps de s'ouvrir au monde et de sortir du cocon familial pour se confronter aux autres. Autrement dit, il est temps d'entrer à l'école.

1977 sera une année riche en événements : outre la sortie de *Star Wars* sur les écrans, j'entrerai à l'école maternelle et j'aurai un petit frère. À tout

Chronologie

20 mars 1977
Jacques Chirac est élu maire de Paris.

25 mai 1977
Sortie du premier volet de la trilogie « Star Wars » au cinéma.

28 octobre 1977
Sortie de *Never Mind The Bollocks, Here's the Sex Pistols.*

11 mars 1978
Mort de Claude François, électrocuté à l'âge de 39 ans.

16 mars 1978
Marée noire en Bretagne suite au naufrage de *l'Amoco Cadiz.*

9 mai 1978
Découverte du corps d'Aldo Moro, ancien président du Conseil italien, assassiné par les Brigades rouges.

25 juin 1978
L'Argentine remporte la Coupe du monde de football en s'imposant 3-1 face aux Pays-Bas.

23 juillet 1978
Bernard Hinault gagne le premier de ses cinq Tour de France.

6 août 1978
Décès du pape Paul VI. Son successeur, Jean-Paul Ier, décèdera le 28 septembre après seulement 23 jours de pontificat. Le 16 octobre, Karol Wojtyla, archevêque de Cracovie, sera élu pape sous le nom de Jean-Paul II. Il est le premier pape non italien depuis 1522.

17 septembre 1978
Anouar El Sadate et Menahem Begin signent les accords de Camp David.

9 octobre 1978
Mort de Jacques Brel à Bobigny.

Décembre 1978
Sorti de *Killing an Arab*, premier 45 tours du groupe anglais The Cure.

17 septembre 1979
Le premier restaurant McDonald's de France ouvre ses portes à Strasbourg.

30 octobre 1979
Robert Boulin, ministre du Travail, est retrouvé mort. La justice conclut à un suicide.

2 novembre 1979
Jacques Mesrine, « ennemi public numéro 1 », est abattu par la police.

24 décembre 1979
La fusée *Ariane* effectue son vol inaugural depuis la base de Kourou, en Guyane.

Cohabitation heureuse.

seigneur, tout honneur. En voyant mon père débarquer en tenant dans ses bras une chose bizarre emmaillotée, je suis surtout content de revoir ma mère qui a dû s'absenter quelques jours. On m'avait bien prévenu que la famille allait s'agrandir, mais je n'avais pas bien saisi de quoi il s'agissait.

Très rapidement, il faut composer avec le nouveau venu, apprendre à ne plus être le centre du monde et tout partager. Je serai rapidement très fier de mon petit frère, veillant scrupuleusement sur lui, bien conscient de ma responsabilité d'aîné.

Avec deux enfants, mes parents sont désormais dans la moyenne de la population, puisque la France est sortie du baby-boom et que le taux de natalité a sérieusement baissé. Les familles nombreuses se font de plus en plus rares, tandis que les enfants uniques ne sont plus l'exception.

Avis de recherche des membres de la Fraction armée rouge (Rote Armee Fraktion, RAF).

Terroristes

Dans les années 1970 et 1980, le terrorisme se développe et les attentats, les assassinats et les enlèvements se multiplient. Tout commence en 1972 avec la prise d'otages sanglante des jeux Olympiques de Munich. Par la suite, pas une semaine ne se passe sans que les médias ne se fassent l'écho d'un détournement d'avion ou de l'explosion d'une voiture piégée, quelque part dans le monde.
L'Europe est elle-même frappée par une série d'actions violentes, revendiquées par des organisations d'extrême gauche qui s'en prennent à des symboles du capitalisme. En Allemagne, la Fraction armée rouge, rebaptisée « Bande à Baader » d'après le nom de son leader, cible les intérêts industriels du pays. Elle fera des émules en Italie avec les Brigades rouges, puis en France avec le groupe Action directe. Ce dernier commettra plusieurs attentats et assassinera le président de la régie Renault, Georges Besse, le 17 novembre 1986, avant d'être arrêté en 1987.
En Irlande du Nord, l'IRA catholique lutte pour le rattachement de la région à l'Irlande et n'hésite pas à s'en prendre directement à la tête de l'État britannique en assassinant Louis Mountbatten, puis en visant plusieurs fois les Premiers ministres Margaret Thatcher et John Major.
La principale « source » du terrorisme reste cependant le Moyen-Orient. L'Europe devient l'un des champs de bataille de la guerre opposant l'Iran à l'Irak, de la guerre civile libanaise et du conflit israélo-palestinien. La France est particulièrement touchée avec l'attentat contre la synagogue de la rue Copernic (1980), le massacre de la rue des Rosiers (1982) et les sanglants attentats du printemps 1986.

Autres temps, autres mœurs

Il faut dire que les mœurs ont beaucoup évolué. Il n'est plus question pour la plupart des femmes de rester cantonnées dans un rôle de mère au foyer. Mai 68 est passé par là, et les femmes ont enfin gagné le droit de choisir leur avenir.

Cette liberté nouvelle consiste avant tout en la possibilité de disposer de leur corps comme bon leur semble. Avec l'autorisation de la pilule contraceptive, puis de l'avortement sous certaines conditions, les femmes peuvent prendre leur vie en mains et avoir autant d'enfants qu'elles le désirent, sans subir les caprices de la nature.

Quant au divorce, il s'est trouvé facilité par un nouvel appareil législatif. Le regard que la société porte sur les femmes a changé : la femme divorcée n'est

Progrès et tradition.

plus considérée comme un objet de curiosité, et la « fille-mère » n'est plus méprisée que par ceux qui sont restés figés dans des préjugés anachroniques.

Par ailleurs, les répercussions de la crise économique ont changé le rapport au travail. L'augmentation du coût de la vie pousse de plus en plus de femmes à travailler pour permettre à leur ménage de boucler les fins de mois. Pourtant, il ne faut pas oublier que les femmes restent moins bien payées que les hommes et que, employées à des postes plus précaires et moins qualifiées, elles sont les premières victimes du chômage.

La guerre Iran-Irak

En septembre 1975, à Alger, l'Iran et l'Irak signaient un traité mettant fin aux litiges qui les opposaient sur des questions frontalières. Mais quatre ans plus tard, la donne a changé. En Iran, le shah a été renversé et l'ayatollah Khomeiny a proclamé la République islamique.

Saddam Hussein, souhaitant récupérer des territoires et mettre fin à la révolution islamique, dénonce l'accord d'Alger et attaque son voisin en septembre 1980.

Hostiles à la République islamique, plusieurs pays occidentaux et arabes financent l'effort de guerre de Bagdad et équipent son armée.

Le 7 juin 1981, craignant que l'Irak se dote d'un arsenal nucléaire, Israël bombarde le réacteur nucléaire Osirak. Après quelques succès initiaux, les Irakiens sont repoussés : à partir de 1982, le front se stabilise. Le conflit prend alors l'allure d'une guerre d'usure, ponctuée d'offensives stériles et meurtrières. Les Iraniens lancent de véritables opérations-suicides, érigeant en martyrs de jeunes garçons à peine sortis de l'enfance.

De son côté, Bagdad utilise des armes chimiques contre l'armée iranienne, puis contre sa population kurde, soupçonnée de se rebeller avec le soutien de l'Iran. En mars 1988, la ville de Halabja est bombardée avec des obus chargés de gaz, causant la mort d'environ 5 000 civils.

À partir de 1987, le conflit s'internationalise. Cherchant à contrôler la navigation dans le Golfe, l'Iran s'attaque aux navires étrangers. Les grandes puissances envoient des navires dans le détroit d'Ormuz pour protéger les pétroliers.

En l'espace de quelques mois, l'US Navy affrontera plusieurs fois la marine iranienne. Le 3 juillet 1988, un croiseur américain abat par erreur un appareil d'Iran Air, provoquant la mort de 290 pèlerins en route pour La Mecque.

Le 20 août 1988, Téhéran finit par accepter un cessez-le-feu. Le conflit aura causé la mort de plus d'un million de personnes.

Sur les bancs de l'école

Première vraie épreuve de nos 3 ans, l'entrée à l'école maternelle, un matin de septembre. Le jardin d'enfants n'existe plus, ce qui donne à cette rentrée un aspect nettement plus sérieux. Pour marquer l'événement, le futur écolier a droit à une nouvelle garde-robe, avec un superbe pantalon en velours côtelé et des chaussures à lacets Kickers dont chaque semelle est munie d'une pastille, rouge pour le pied gauche, verte pour le pied droit, histoire de ne pas se mélanger les pinceaux. À cette tenue viennent s'ajouter de nouveaux accessoires, dont une jolie blouse qui servira à protéger les Picasso en culottes courtes des débordements picturaux.

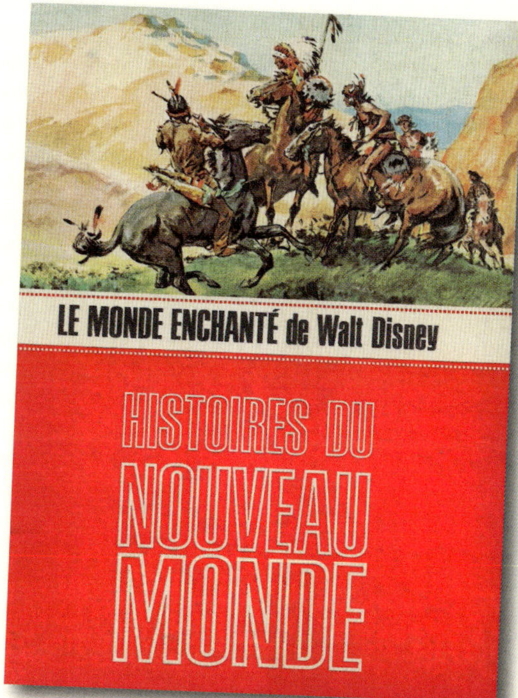

Premières lectures.

Le jour J, l'école s'avère un peu impressionnante derrière ses hautes grilles peintes en vert. Le tas de sable et la cage à poules dressée au milieu de la cour goudronnée en atténuent à peine l'austérité. Une fois franchi l'imposant portail, je serre un peu plus la main de ma mère au fur et à mesure que nous nous approchons de la salle de classe. Les « grands » de 5 ans sont des habitués du lieu et courent déjà dans tous les sens.

Certains d'entre nous savent très vite ce qu'ils veulent faire quand ils seront plus grands.

J'ai bien envie de les rejoindre, mais je reste collé à ma mère. Certains de mes futurs camarades ont du mal à se séparer de leurs parents et les larmes coulent au milieu des reniflements. Les institutrices arrivent et frappent dans leurs mains pour annoncer l'heure fatidique. Dernières recommandations, derniers réajustements, promesse d'être sage : on ne sait pas lesquels, des mères ou des enfants, sont les plus émus. Un dernier regard rempli d'anxiété vers le portail qui se referme. *Alea jacta est.*

Finalement, l'école n'est pas si terrible que ça : l'institutrice est gentille, les activités ludiques et les autres enfants deviennent rapidement des camarades de jeux. Le soir, nos mères viennent nous chercher et, pendant tout le trajet jusqu'à la maison, nous leur ferons un rapport exalté cette première journée.

Souvenirs d'un séjour parisien

L'été sera chaud

Les semaines, puis les mois s'écoulent. Entre les jeux, le dessin et les travaux manuels, nous commençons le timide apprentissage de la lecture et de l'écriture. Pour les parents, c'est le début d'une longue série de cadeaux en tout genre et en toute occasion : fête des mères, des pères, Noël, Pâques... Dessins, œufs décorés, Père Noël en papier mâché, mythiques colliers de nouilles, œuvres pyrogravées façon Miro : une véritable galerie d'art contemporain envahit les étagères de la bibliothèque, les tables de nuit et le dessus du réfrigérateur.

Ticket-chic, ticket-choc

Le plus intéressant dans ces premières années d'école, ce sont les récréations – « Un, deux, trois, soleil », le jeu de la chandelle – et surtout les congés scolaires. Pour la mer, la montagne, la campagne, beaucoup d'entre nous prendront la route des vacances. Le trajet est parfois un peu long pour rejoindre les plages ou les stations de sports d'hiver, puisque le réseau autoroutier reste embryonnaire et que le TGV, bien que promis à un brillant avenir, n'existe encore qu'à l'état de prototype. Il reste donc d'usage de patienter des heures dans les embouteillages de la nationale 7, au milieu des automobiles arrêtées sur le bas-côté, capot ouvert, dont le radiateur n'a pas résisté à la chaleur du mois d'août.

C'est le temps des vacances, le temps des copains et de l'aventure...

Une fois arrivés, tout est oublié, et c'est l'émerveillement. Nous voilà partis pour bâtir des châteaux éphémères, mener d'interminables pêches aux coquillages… Autre voyage mémorable, un séjour à Paris, où dans un petit restaurant, un serveur m'appelle « Monsieur » pour la première fois.

Ceux qui n'ont pas la chance de partir peuvent toujours rêver aux étoiles en voyant s'envoler la fusée *Ariane* ou décoller la première navette spatiale américaine.

Un homme, un vrai.

On peut toujours y croire

En décembre, Noël approche et il est temps d'adresser sa lettre au Père Noël. Comme on ne sait pas encore écrire, les parents sont mis à contribution : nous nous contenterons d'y ajouter un beau dessin afin de certifier conforme la missive.

En réalité, nous sommes nombreux à fêter Noël plusieurs fois, et le Père Noël ne manque aucun rendez-vous. Peu de temps avant les vacances, le

Zorro et Bernardo
version disco.

L'euphorie de Noël.

gros bonhomme rouge vient déjà faire un petit tour à l'école pour distribuer des cadeaux. Si sa longue barbe blanche se détache un peu de son visage, et s'il peut paraître surprenant que le Père Noël se déplace en 4L, le Big Jim que je reçois ne mérite pas que l'on s'arrête à de si petits détails.

Deuxième service le soir du réveillon. Toute la famille est réunie autour des grands-parents. À peine arrivés, nos regards se tournent

Décorations de circonstance sur les Champs-Élysées à Paris.

vers le sapin, sous lequel attendent les cadeaux. On jette à peine un coup d'œil à la crèche où les santons s'émerveillent devant le petit Jésus, et l'on finit par insister lourdement pour ouvrir les paquets avant de passer à table.

Nous sommes encore trop petits pour goûter aux huîtres qui, de toute façon, ne nous semblent pas très appétissantes. En revanche, je me régale d'un pilon de dinde, qu'avec la bénédiction de ma grand-mère je m'empresse de manger avec les doigts. Je saute salade et fromage car, en faisant un petit tour dans la cuisine avant de dîner, j'ai repéré une bûche nappée de chocolat à laquelle je suis bien décidé à faire un sort.

Dernier petit plaisir de la soirée, la messe de minuit qui nous autorise, une fois n'est pas coutume, à veiller au-delà des douze coups. Bien sûr, je m'empresserai de m'y endormir dans les bras de mes parents.

Le lendemain, le Père Noël a de nouveau rempli les chaussons laissés sous le sapin de la maison. Cette fois, des Playmobil et un superbe costume de Zorro combleront de joie le plus grand supporter du barbu.

Des moudjahidines afghans posent devant la carcasse d'un blindé soviétique.

Bourbier afghan

Le 24 décembre 1979, des commandos soviétiques s'emparent de l'aéroport de Kaboul et des principaux points stratégiques de la capitale afghane. Trois jours plus tard, les services de renseignements de l'Armée rouge assassinent le président Hafizullah Amin pour le remplacer par Babrak Karmal, homme lige de Moscou. Bientôt, les effectifs déployés en Afghanistan s'élèvent à 100 000 hommes.

C'est la première fois depuis 1945 que l'URSS intervient directement dans un pays extérieur au bloc de l'Est, pour soutenir un régime ami. La réaction des Américains ne se fera pas attendre : ils cessent de livrer du blé à l'URSS et se retirent des négociations sur le désarmement nucléaire. Nombre de pays occidentaux et arabes, à l'exception notable de la France et du Royaume-Uni, boycotteront les jeux Olympiques de Moscou de 1980.

En Afghanistan, la résistance s'organise et les moudjahidines se mettent à harceler les troupes soviétiques. Le conflit s'enlise : il durera dix ans et fera plus d'un million de victimes afghanes, dont une très grande majorité de civils.

Les rebelles, soutenus et armés par Washington, contrôleront peu à peu la majorité du pays, ne laissant à l'Armée rouge que les grandes villes. En février 1988, après avoir négocié une trêve avec plusieurs commandants rebelles, dont le célèbre Ahmed Chah Massoud, Mikhaïl Gorbatchev annonce le retrait de ses troupes, qui s'effectuera le 15 février 1989. L'Afghanistan se retrouve en proie à la guerre civile.

Le régime prosoviétique du président Mohammed Nadjibullah s'effondrera en 1992, laissant le pouvoir aux moudjahidines. La paix semble alors enfin s'établir en Afghanistan. Triste illusion…

1980-1984

Dans la cour des grands

La baronne perchée.

À l'école où nous avons appris le B.A.-BA

Nous venons à peine de fêter nos 6 ans que nous voilà propulsés à l'école élémentaire. Pendant ces cinq ans, nous devrons apprendre à lire, à écrire et à compter.

Rien ne semble distinguer ce jour de rentrée de celui des années précédentes, excepté le cartable, qui fait désormais partie de la panoplie de

Chronologie

16 janvier 1980
Départ du shah d'Iran. La République islamique est proclamée le 1er février.

15 avril 1980
Mort de Jean-Paul Sartre.

22 septembre 1980
En Pologne, fondation du syndicat Solidarnosc, avec à sa tête Lech Walesa.

4 novembre 1980
Ronald Reagan est élu à la présidence des États-Unis.

8 décembre 1980
John Lennon est assassiné à New York par Mark Chapman.

10 mai 1981
Élection de François Mitterrand à la présidence de la République.

29 juillet 1981
Mariage du prince Charles d'Angleterre et de lady Diana Spencer.

24 février 1982
Naissance d'Amandine, premier « bébé éprouvette » français.

11 juin 1982
E.T. l'extra-terrestre de Steven Spielberg sort au cinéma.

8 juillet 1982
À Séville, défaite de l'équipe de France face à l'Allemagne, en demi-finale du mondial de football.

30 novembre 1982
Sortie de l'album *Thriller*, de Michael Jackson.

27 janvier 1983
Décès de Louis de Funès.

20 mai 1983
Découverte du virus responsable du sida.

5 juin 1983
Yannick Noah remporte le tournoi de Roland-Garros.

24 juin 1984
Un million de personnes manifestent à Paris contre la réforme de l'enseignement privé.

Juillet-août 1984
L'athlète américain Carl Lewis remporte quatre médailles d'or aux jeux Olympiques de Los Angeles.

4 novembre 1984
Naissance de Canal+ et premier classement du Top 50.

Lech Walesa lors d'une conférence de presse de Solidarnosc.

Symbole de la lutte pour la liberté... et de la mode des badges.

l'écolier modèle. Choisi avec soin, l'objet, en similicuir, est bien trop grand pour ce qu'il contient – à savoir mon goûter, quelques Chocos BN emballés dans du papier aluminium. Les fournitures scolaires sont distribuées par l'école et très vite, le cartable sera lesté d'une trousse, de cahiers et de livres. Il ne restera pas longtemps sur nos épaules, bientôt traîné par terre et balancé dans la cour pour faire office de poteau de but dans des matchs improvisés.

Notre équipement ne serait pas complet sans l'objet fashion par excellence quand on a 6 ans : le K-Way. Ce coupe-vent imperméable, replié dans son petit sac à fermeture Éclair et attaché autour de la taille à l'aide d'une petite ceinture élastique, s'avère fort pratique : il peut devenir une arme redoutable en cas de bagarre. Seul petit défaut : une fois qu'on l'a déplié, il devient très difficile de le remettre correctement dans son sac. De plus, un K-Way rangé alors qu'il est encore mouillé garantit à son porteur une douce odeur de chien mouillé lors de l'utilisation suivante.

Le hurlement d'une sonnerie semblable à celle d'une alerte de la Marine nationale rappelle à l'ordre les retardataires. Nous entrons dans la classe en rang par deux. Après l'appel vient la récitation de poésie, que nous aurions sans doute mieux fait d'apprendre la veille au lieu de regarder « Goldorak » ou de reconstituer le débarquement en Normandie avec des petits soldats en plastique. Petite prière et tentative de dissimulation derrière le voisin de devant, coup d'œil anxieux vers le doigt de la maîtresse qui parcourt son cahier de notes à la recherche d'un volontaire, soupir de soulagement.

Dire que nos parents faisaient semblant de ne pas souffrir...

C'est la récré !

L'heure de la récréation est aussi celle du coup d'envoi de grandes parties de football. Sur le bitume de la cour, bourreau des genoux et bonheur des marchands de mercurochrome, nous voilà prêts à singer nos idoles. Michel Platini, Dominique Rocheteau, Paolo Rossi, Zico... Des posters à l'effigie de ces héros ornent les murs de nos chambres d'enfants. Plus d'une fois, le dégagement improbable effectué par un imitateur maladroit d'Harald Schumacher propulse le ballon sur le toit du préau ou sur la tête d'un

Michel Platini brandit la Coupe d'Europe des nations en juin 1984.

instituteur. Ce dernier s'empresse alors de confisquer le projectile, en dépit des suppliques des athlètes en baskets Velcro.

On se rabat alors sur les billes, les parties de loup ou de gendarmes et de voleurs. C'est à cette époque qu'apparaissent les premiers jeux électroniques, les Game & Watch. Donkey Kong, Turtles... Leurs heureux propriétaires voient s'agglutiner autour d'eux de multiples conseillers techniques, qui leur indiquent à grand renfort de cris et de gestes cabalistiques la meilleure façon d'éviter les pièges tendus par ces petits rectangles de plastique.

Autre *must* technologique, la montre à cristaux liquides avec bracelet métallique, qui a la faculté exceptionnelle de se dérégler plusieurs fois par jour et d'indiquer bien involontairement l'heure de New York ou de Tokyo plutôt que le temps qu'il reste avant la prochaine récréation. Ces montres font partie des innombrables trophées gagnés dans les fêtes foraines, récupérés dans un numéro de *Pif Gadget* ou remportés à la tombola de la kermesse de l'école.

Ce dernier événement clôt l'année scolaire et offre à chaque classe l'occasion de présenter un petit spectacle. J'en profiterai pour montrer mes talents de gymnaste en effectuant moult roulades et sauts de carpe, réalisant une performance qui se situe entre Véronique et Davina dans « Gym Tonic » et celle de Nadia Comaneci aux jeux Olympiques.

Nadia Comaneci au masculin.

Pour quelques arpents de terre

Le 2 avril 1982, l'armée argentine débarque sur les îles Malouines, archipel du Sud de l'Atlantique situé à 480 kilomètres des côtes argentines. Il s'agit d'un territoire sous souveraineté britannique, et Margaret Thatcher, Premier ministre du Royaume-Uni, n'est pas prête à abandonner ce confetti de l'empire.
Dès le lendemain, la « Dame de fer » annonce l'envoi d'une imposante force navale et d'un corps expéditionnaire pour reprendre, par la force s'il le faut, les Falklands, terres désolées que l'Argentine dispute à Londres depuis le XVIIIe siècle.
Personne n'est alors prêt à envisager le pire : la plupart des observateurs estiment qu'une simple démonstration de force britannique fera reculer la junte militaire au pouvoir à Buenos Aires. Pourtant, aucun des deux protagonistes n'entend reculer, et la tension monte au fur et à mesure que l'escadre britannique s'approche des Malouines. Début mai, les hostilités commencent.
Le débarquement des troupes britanniques se fait sous le feu de l'aviation argentine, dont les Super-Étendards, armés de missiles Exocet de fabrication française, infligent de lourdes pertes à la Royal Navy. Le 15 juin, l'Union Jack flotte de nouveau sur les Malouines.
À l'intérieur du Royaume-Uni, Margaret Thatcher a affermi son pouvoir. À Buenos Aires, cette défaite porte un coup fatal à la junte, qui avait pourtant initié ce conflit en pensant y trouver un second souffle. Un an après la chute des Falklands, des élections libres portent au pouvoir Raul Alfonsin, premier président d'une Argentine démocratique.
Quatre ans plus tard, les Argentins prendront une revanche bien plus pacifique avec la victoire de leur équipe nationale, emmenée par Diego Maradona et sa « main de Dieu » (un but marqué avec la main sur l'équipe d'Angleterre), lors de la Coupe du monde de football au Mexique.

Nourritures terrestres

11 h 30 : il est l'heure de foncer vers la cantine. Une fois assis, nous sacrifions à un rituel incontournable : chacun doit regarder sous son verre pour y lire les chiffres qui y sont gravés. Nous voilà tous affublés d'un âge fictif qui vaudra de brèves railleries à ceux qui se retrouvent subitement septuagénaires.

Pour ce qui est de la nourriture, si le cuistot est bien loin de l'étoile au *Guide Michelin*, nous ne faisons pas les difficiles : les nouilles luisantes de beurre et le poisson pané suffiront à notre bonheur. On rechigne un peu plus devant les légumes, surtout les salsifis. Ces scorsonères sont à ranger définitivement dans la catégorie « légumes vicieux » puisque, de loin, ils ressemblent à des frites ou à des macaronis.

Pour le dessert, on nous distribue yaourts, flans au chocolat, fruits avec ou sans sirop. Les jours de petits-suisses, le personnel qui nous encadre se montre particulièrement vigilant, pour tuer dans l'œuf toute velléité de tir d'artillerie fromagère.

Une après-midi par semaine, l'institutrice branche la télévision, dont l'écran gris trône au fond de la classe près d'un stock d'images d'Épinal qui a dû voir passer des générations d'écoliers. Quelle déception ! En guise de film, on nous impose un programme pédagogique assez rébarbatif sur la journée de travail des maraîchers bretons ou sur la vie édifiante d'une infirmière scolaire dans un collège de banlieue, dont l'équivalent radiophonique nous est imposé tout aussi régulièrement.

Les sorties scolaires nous permettent d'aller au théâtre ou de visiter un musée. Une fois par semaine, nous allons à la piscine, où nous décrocherons notre premier diplôme, notre première récompense officielle : le brevet de natation de 25 mètres ! Et sans bouée, s'il vous plaît !

VILLE DE VICHY

Brevet de nageur scolaire

Monsieur ARNAUD Jean Charles

a subi avec succès l'épreuve du Test Natation Scolaire - 25 mètres nage libre départ plongé, organisé sous le contrôle du Service Sportif de la Ville de Vichy.

A Bellerive / Allier Le 2 Juin 1984

Le Président du Jury Le Maire de Vichy

Premier exploit sportif, premier diplôme.

Le temps de la rose

Dans la France des années 1970, le paysage politique subit une profonde mutation. Avec la mort de son fondateur en novembre 1970, puis celle de Georges Pompidou en avril 1974, le mouvement gaulliste s'essouffle. À droite, le rapport de force bascule au profit du centre-droit, emmené par les Républicains indépendants de Valéry Giscard d'Estaing.
De l'autre côté de l'échiquier politique, socialistes, communistes et radicaux ont, non sans mal, réussi à former une Union de la gauche pour se présenter ensemble aux élections présidentielles. En mai 1974, François Mitterrand est donc le premier candidat de gauche en mesure de l'emporter depuis l'avènement de la Ve République. Mais le débat d'entre-deux tours, qui l'oppose à Valéry Giscard d'Estaing, fera échouer le secrétaire général du Parti socialiste de quelques centaines de milliers de voix.
Le septennat de Giscard verra quatre partis dominer. À gauche, PS et PC font jeu égal. À droite, l'Union pour la démocratie française (UDF) du Président cohabite avec le nouveau parti gaulliste, le Rassemblement pour la République (RPR), fondé par le nouveau maire de Paris, Jacques Chirac, après sa démission du poste de Premier ministre en 1976.
La gauche poursuit sa poussée électorale, mais échoue aux législatives de 1978. Ce n'est que partie remise : le 10 mai 1981, François Mitterrand sera élu président de la République.
L'élection présidentielle de 1981 illustre parfaitement l'impact grandissant des médias sur la vie politique. La télévision joue déjà un rôle important, à travers le fameux débat de l'entre-deux tours, duel à mort durant lequel les deux prétendants s'écharpent à coups de petites phrases assassines, et de nombreuses émissions politiques. Peu à peu, un nouveau concept voit le jour : le marketing politique, qui prend ses racines dans le marketing publicitaire. Désormais, chaque candidat s'entoure d'une équipe de communicants chargés de polir son image grâce à des affiches, des slogans – la « force tranquille » du duo Mitterrand / Séguéla –, un « relooking »… Au-delà d'un programme, il s'agit de « vendre » aux électeurs un produit convaincant.
Au cours des années 1980, si les rapports de forces restent inchangés à droite, le PCF amorce un inexorable déclin au profit du PS, qui occupera bientôt une position hégémonique à gauche.
Du fait de la crise économique, les gouvernements socialistes de Pierre Mauroy, puis de Laurent Fabius, vont appliquer une politique de rigueur. Le mécontentement de la population à l'égard des partis politiques va se cristalliser autour du Front national (FN) de Jean-Marie Le Pen. Son discours populiste et la stigmatisation qu'il fait des

Helmut Kohl et François Mitterrand à Verdun en 1984.

populations immigrées, rendues responsables de tous les maux de la société, attirent les victimes de la crise. Aux élections législatives de 1986, le FN obtient 32 sièges de députés.

Ces mêmes élections sont remportées par la droite traditionnelle, et le président de la République, François Mitterrand, se voit obligé de cohabiter avec un Premier ministre, Jacques Chirac, issu des rangs de l'opposition. L'élection présidentielle de 1988 confirme la percée du FN : François Mitterrand bat largement Jacques Chirac, mais Jean-Marie Le Pen a convaincu 14 % des électeurs au premier tour du scrutin.

Le second septennat de « Tonton » est marqué par une évolution des mœurs en politique. En mai 1991, Michel Rocard démissionne de son poste de chef du gouvernement ; il est remplacé par Édith Cresson, première femme à occuper le poste de Premier ministre.

En vingt ans, le paysage politique français a ainsi lentement évolué vers le bipartisme. À gauche, le PS domine, à peine ébranlé par la montée en puissance des mouvements écologistes. À droite, le duo RPR-UDF tend vers un rapprochement sans jamais succomber à la tentation d'une alliance avec un FN désormais omniprésent.

Petites têtes blondes.

Temps libre

La sonnerie de 16 h 30 est celle de la libération. Il est presque obligatoire de passer chez la marchande de bonbons, qui tient une véritable caverne d'Ali Baba. Nous en sortons les poches lestées de bubble-gum en tube, de colliers en sucre, de bonbons gélatineux au goût de colorant chimique, de poudres acidulées qui piquent la langue et les yeux, ainsi que d'une sorte de chewing-gum qui transforme notre bouche en machine à pop-corn. Le régal du gourmet, la fortune des dentistes.

Nous tentons tous les stratagèmes possibles, exhibant nos bons points et nos images pour nous faire offrir, à la papeterie du coin, des décalcomanies ou des vignettes Panini que nous collerons dans nos albums. Ces portraits de footballeurs chevelus feront l'objet d'âpres négociations lors de séances d'échanges sous le manteau, ou plutôt sous le pupitre, dont beaucoup tournent court : l'instituteur saisit régulièrement notre capital, au point que je l'ai longtemps soupçonné d'en profiter pour compléter son propre album.

En rentrant de l'école, on passe par la case goûter (pain et chocolat), puis on fait ses devoirs avec plus ou moins d'application. Toujours ces fichues poésies... De quoi rester fâché avec Jacques Prévert et Maurice Carême durant plusieurs années.

Une fois les devoirs faits, on se jette sur la télévision pour regarder « Récré A2 » et découvrir les exploits de Sankukai contre Golem XIII, admirer dans « Albator » l'équipage de *L'Atlantis* affrontant les Sylvidres, et se passionner pour les aventures de « Zora la rousse » ou celles de « Dick le rebelle ».

Autour du dîner, à table, chacun raconte sa journée. Puis, en faisant la vaisselle, ma mère me demande de lui réciter la poésie que je dois savoir par cœur pour le lendemain. Décidément... Une fois « Le Bonhomme de neige » péniblement ânonné, je rejoins mon père, qui regarde le journal télévisé dans le salon. Il n'y est plus question de batailles dans l'espace intersidéral, mais de guerres très terre à terre. Liban, Malouines, Iran, Irlande du Nord... Les images de guérillas urbaines, de voitures piégées et de missiles semblent se succéder sans fin, jour après jour.

La fusée *Ariane* décolle dans le petit écran.

À gauche toute !

Pourtant, dans ces années 1981-1982, ce ne sont pas les conflits qui agitent les journaux télévisés, mais le bouleversement politique que connaît la France. Le 10 mai 1981, François Mitterrand a remporté les élections présidentielles, devenant ainsi le premier président de gauche de la Ve République. Je ne mesure pas l'ampleur de l'onde de choc qui semble frapper le pays. Les écrans de télévision montrent des milliers de gens enthousiastes, rassemblés sur la place de la Bastille à Paris ; une foule qui accompagne cet homme jusqu'au Panthéon en brandissant une rose.

Je ne comprends pas mieux la panique qui semble saisir certaines personnes autour de moi. Des socialistes au pouvoir ! Pire, quatre ministres communistes au gouvernement, du jamais vu depuis 1947… Panique à bord, les rouges sont là !

Aussi irréaliste que cela puisse paraître, d'aucuns craignent que la politique menée par le Premier ministre, Pierre Mauroy, se traduise par une « chasse aux riches ». Dès la fin mai, on se bouscule aux frontières suisse et luxembourgeoise, pour passer dans ces pays un bref séjour dont on rentre avec des valises plus légères qu'à l'aller. Les plus anxieux gardent un œil sur la « ligne bleue des Vosges », redoutant l'apparition des tourelles de chars soviétiques.

Il y aura bien sûr quelques nationalisations, la loi sur la retraite à 60 ans et la cinquième semaine de congés payés, mais aucun bolchevique ne franchira la frontière allemande ; et cinq ans plus tard, même le nuage radioactif de Tchernobyl aura la courtoisie de ne pas dépasser le Rhin ! Entre-temps, les communistes auront quitté le gouvernement et aucun kolkhoze n'aura été instauré.

Indémodables jeans.

Robert Badinter, garde des Sceaux de 1981 à 1986.

L'abolition de la peine de mort

Au début des années 1970, la France est le seul pays d'Europe occidentale à continuer d'appliquer la peine de mort. Les exécutions sont de plus en plus rares, mais la majorité des Français y reste favorable. Valéry Giscard d'Estaing, pourtant hostile à la peine capitale, n'envisage pas de l'abolir. Deux faits divers vont bouleverser l'opinion publique et ramener cette question au centre du débat public. En 1974, une petite fille âgée de 8 ans, Marie-Dolorès Rambla, est enlevée et sauvagement assassinée. Un jeune homme, Christian Ranucci, est arrêté. Il aurait été reconnu par des témoins grâce à son fameux pull-over rouge. Jugé en 1975, reconnu coupable en dépit de certaines incohérences, Ranucci est condamné à mort et guillotiné le 28 juillet 1976.

Le 30 janvier 1976, Patrick Henry enlève puis assassine Philippe Bertrand, un petit garçon âgé de 8 ans. Au cours de son procès, Robert Badinter, l'un de ses avocats, se lance dans un farouche plaidoyer contre la peine de mort et sauve la tête de son client.

En septembre 1977, condamné à mort pour le meurtre de sa compagne, Hamida Djandoubi monte sur l'échafaud. Il sera le dernier.

Le 16 mars 1981, en pleine campagne pour les élections présidentielles, François Mitterrand se déclare ouvertement contre la peine de mort. Élu président de la République, il commence par gracier Philippe Maurice avant de confier à Robert Badinter, devenu garde des Sceaux, la défense du projet de loi devant le Parlement.

Le 18 septembre 1981, l'Assemblée nationale vote l'abolition de la peine de mort par 369 voix contre 113. Le 9 octobre, la loi est promulguée. Le dais noir est définitivement tombé sur la guillotine.

Le lion de la MGM annonce le western de « La Dernière Séance ».

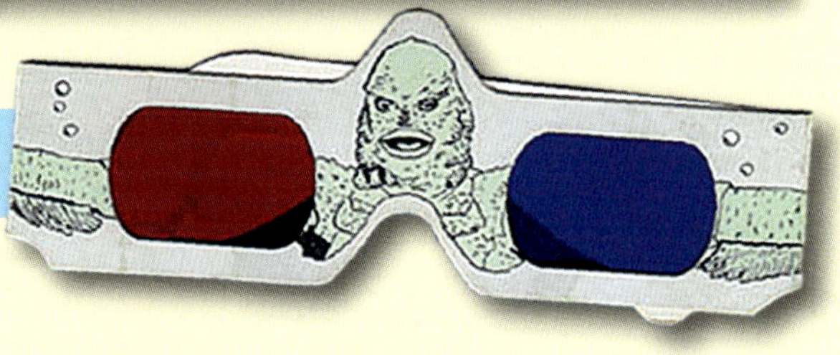

Lunettes 3D pour première télé en relief.

J.R. et monsieur Eddy

À 20 h 30, il est temps d'aller au lit. Le soir, je n'ai le droit de regarder la télévision que quand il y a du football, ce qui est alors assez rare, puisque cela se résume aux matchs de l'équipe de France et à quelques matchs de Coupe d'Europe.

Le samedi soir, on regarde « Champs-Élysées » ou « Dallas » en famille, en se posant la question qui alimente alors toutes les conversations de pause-café et les discussions de comptoir : mais qui a bien pu tirer sur J.R. ?

Pour moi, les petits problèmes de la famille Ewing et ceux de leurs ersatz européens de Châteauvallon ne valent pas un bon western avec Gary Cooper ou John Wayne. J'attends donc avec impatience le mardi soir pour regarder « La Dernière Séance » sur FR3, présentée par Eddy Mitchell.

En octobre 1982, l'émission diffuse, pour la première fois en France, une séance en relief : *L'Étrange Créature du lac noir*. Mon père a été envoyé en mission pour récupérer les fameuses lunettes munies de filtres bleu et rouge permettant de restituer l'effet 3D. Bien sûr, le monstre fait penser à un homme-grenouille recouvert d'algues et le scénario est aussi épais qu'un sandwich SNCF, mais le port des lunettes bicolores et l'impression de vivre quelque chose d'absolument hors du commun feraient passer n'importe quelle série B pour un chef-d'œuvre du 7e art.

La télévision n'a pas fini de nous fasciner.

Les eaux sombres de la Vologne

Le 16 octobre 1984, on découvre dans la Vologne, à plusieurs kilomètres du domicile de ses parents, Christine et Jean-Marie, le corps de Grégory Villemin, 4 ans, mains et jambes liées.
Un mystérieux corbeau, qui harcelait le couple Villemin depuis plusieurs années, revendique le crime. L'enquête s'oriente rapidement vers la piste familiale. Dénoncé par sa belle-sœur, Bernard Laroche, cousin de Jean-Marie, est inculpé du crime par le juge d'instruction Jean-Michel Lambert. On le soupçonne d'avoir agi par jalousie : il n'aurait pas supporté la réussite sociale de son cousin.
Début février 1985, Laroche est libéré faute de preuves. Jean-Marie Villemin, persuadé de la culpabilité de son parent, annonce publiquement qu'il fera justice lui-même. Le 29 mars, il abat Bernard Laroche d'un coup de fusil.
L'affaire Grégory rebondit et la rumeur trouve un nouveau coupable en la personne de Christine Villemin. Ne l'a-t-on pas aperçue, le jour du drame, près de la poste d'où a été envoyée la dernière lettre du prétendu corbeau ? Le 5 juillet 1985, le juge Lambert l'inculpe d'assassinat et la fait incarcérer, avant de la faire libérer.
« L'horrible infanticide » fait désormais la une des journaux télévisés et les gros titres des quotidiens nationaux. L'enquête se poursuit dans une atmosphère parfois surréaliste : le juge Lambert confie ses états d'âme à la presse, des indices sont manipulés sans précaution, la gendarmerie et la police se retrouvent rivales.
En 1993, Christine Villemin bénéficiera d'un non-lieu. La même année, son mari est condamné à cinq ans de prison pour le meurtre de Bernard Laroche. Saura-t-on un jour qui a tué le petit Grégory ?

1985-1988

Les années collège

Profession de foi.

Le grand bain

Au fur et à mesure que nous gravissons les échelons, de classe en classe, les choses se corsent. La division à virgule apparaît à peu près au même moment que le nœud central de la grammaire française : l'accord du participe passé conjugué avec

Chronologie

11 mars 1985
Mikhaïl Gorbatchev remplace Konstantin Tchernenko à la tête de l'URSS.

10 juillet 1985
Les services secrets français font exploser le *Rainbow Warrior* dans le port d'Auckland.

21 décembre 1985
Ouverture du premier Resto du Cœur.

28 janvier 1986
La navette spatiale *Challenger* explose peu après son décollage.

16 mars 1986
Victoire de la droite aux élections législatives : première cohabitation.

26 avril 1986
En Ukraine, le réacteur 4 de la centrale nucléaire de Tchernobyl explose.

19 juin 1986
Mort de Coluche dans un accident de moto.

17 novembre 1986
Assassinat du PDG de Renault, Georges Besse, par Action directe.

1er décembre 1986
À Paris, inauguration du musée d'Orsay.

6 décembre 1986
En marge d'une manifestation contre la loi Devaquet, un étudiant, Malik Oussekine, est battu à mort par des policiers.

16 avril 1987
La chaîne TF1 est privatisée.

11 mai 1987
Ouverture du procès de Klaus Barbie, ancien chef de la Gestapo de Lyon. Il sera condamné à la réclusion criminelle à perpétuité pour crimes contre l'humanité.

9 décembre 1987
Début de la première Intifada en Palestine.

18 avril 1988
Mort de Pierre Desproges.

8 mai 1988
François Mitterrand est réélu président de la République.

23 octobre 1988
Un groupe d'extrémistes chrétiens met le feu à une salle de cinéma parisienne qui présentait *La Dernière Tentation du Christ* de Martin Scorsese, jugeant le film blasphématoire.

1er décembre 1988
Mise en place du revenu minimumd'insertion (RMI).

Alain Prost, champion du monde de Formule 1.

l'auxiliaire « avoir » quand le verbe s'accompagne d'un COD.

Pour nous, l'école primaire s'est bien terminée : contrairement à nos aînés, nous n'avons pas dû passer par la case « certificat d'études primaires » et nous sommes sortis de l'école le cœur léger. Lors de notre entrée en sixième, nous découvrons un nouveau décor pour un nouveau départ.

Mes parents ont décidé de confier mon éducation à une institution privée catholique. À quelques différences près – des prières, un règlement un peu plus strict sur les tenues vestimentaires, le port obligatoire de la blouse et la compagnie de religieuses très âgées promenant leur habit noir dans les couloirs, tel Batman son costume

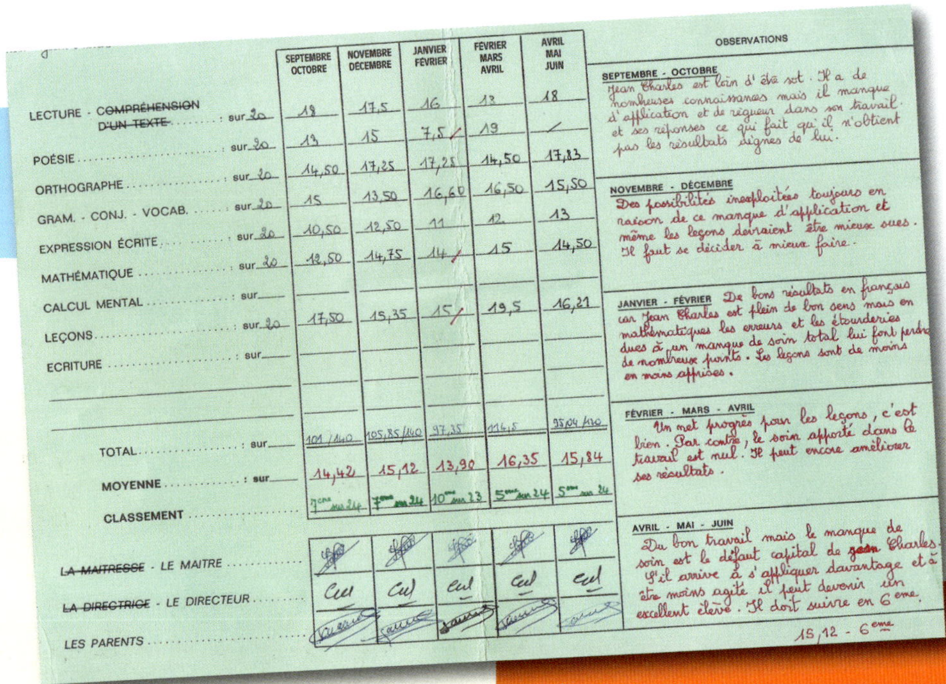

	SEPTEMBRE OCTOBRE	NOVEMBRE DECEMBRE	JANVIER FEVRIER	FÉVRIER MARS AVRIL	AVRIL MAI JUIN
LECTURE - ~~COMPRÉHENSION D'UN TEXTE~~ : sur 20	18	17,5	16	13	18
POÉSIE : sur 20	13	15	7,5 /	19	/
ORTHOGRAPHE : sur 20	14,50	17,25	17,25	14,50	17,83
GRAM. - CONJ. - VOCAB. : sur 20	15	13,50	16,60	16,50	15,50
EXPRESSION ÉCRITE : sur 20	10,50	12,50	11	12	13
MATHÉMATIQUE : sur 20	12,50	14,75	14 /	15	14,50
CALCUL MENTAL : sur					
LEÇONS : sur 20	17,50	15,35	15 /	19,5	16,21
ECRITURE : sur					
TOTAL : sur	101 / 140	105,85 / 140	97,35	114,5	95,04 / 120
MOYENNE : sur	14,42	15,12	13,90	16,35	15,84
CLASSEMENT	7ème sur 24	7ème sur 24	10ème sur 23	5ème sur 24	5ème sur 24
~~LA MAITRESSE~~ - LE MAITRE					
~~LA DIRECTRICE~~ - LE DIRECTEUR					
LES PARENTS					

OBSERVATIONS

SEPTEMBRE - OCTOBRE
Jean Charles est loin d'être sot. Il a de nombreuses connaissances mais il manque d'application et de rigueur dans son travail et ses réponses ce qui fait qu'il n'obtient pas les résultats dignes de lui.

NOVEMBRE - DÉCEMBRE
Des possibilités inexploitées toujours en raison de ce manque d'application et même les leçons devraient être mieux sues. Il faut se décider à mieux faire.

JANVIER - FÉVRIER
De bons résultats en français car Jean Charles est plein de bon sens mais en mathématiques les erreurs et les étourderies dues à un manque de soin total lui font perdre de nombreux points. Les leçons sont de moins en moins apprises.

FÉVRIER - MARS - AVRIL
Un net progrès pour les leçons, c'est bien. Par contre, le soin apporté dans le travail est nul. Il peut encore améliorer ses résultats.

AVRIL - MAI - JUIN
Du bon travail mais le manque de soin est le défaut capital de ~~Jean~~ Charles. S'il arrive à s'appliquer davantage et à être moins agité il peut devenir un excellent élève. Il doit suivre en 6ème.

15,12 - 6ème

Peut mieux faire.

À l'ombre des jeunes filles en fleur.

de chauve-souris dans les rues sombres de Gotham City –, je suis la même scolarité que n'importe quel collégien.

Pour nous tous qui entrons au collège, le véritable changement est ailleurs. Aux instituteurs qui ont régné sans partage sur nos années d'école primaire, succèdent une multitude de professeurs aux compétences spécifiques. Désormais, notre emploi du temps est strict, chaque matière est enseignée par un professeur différent, et nous changeons de salle à chaque cours.

D'autre part, de nouvelles matières viennent s'ajouter à celles que nous connaissons déjà : une langue vivante – le plus souvent l'anglais –, les sciences naturelles, qui ne font plus partie des activités d'éveil du primaire, et la physique. Même la musique et le dessin sont désormais des matières à part entière. Ce qui se révèle problématique pour moi, qui n'ai jamais produit une œuvre picturale plus évoluée qu'une partie de jeu du pendu griffonnée sur une page de cahier de brouillon… Déjà quelques années plus tôt, la pratique hasardeuse du Télécran, cet écran jaunâtre sur lequel de la limaille de fer aimantée permettait de tracer des figures géométriques, m'avait mis la puce à l'oreille.

Premiers émois

Le télécran, lointain ancêtre de l'Ipad.

Autre nouveauté, les filles. Jusque-là, elles faisaient partie du paysage, mais nous n'avions jamais dépassé le stade des taquineries idiotes, qui consistaient à leur tirer les cheveux ou à perturber leurs parties de saut à la corde. De leur côté, elles avaient tendance – à juste titre – à ne voir en nous que des brutes puériles à l'instinct grégaire. Désormais, les hormones aidant des deux côtés, un rapprochement plus ou moins subtil s'opère.

Toutefois, il n'est pas encore question de sexualité : on se contentera d'assouvir ses premières pulsions grâce à la lecture assidue des pages lingerie du catalogue de La Redoute, à la vision de la playmate hebdomadaire de « Cocoricocoboy » et grâce à une expérience scientifique aussi inédite que ridicule. En effet, quand Canal+ a commencé à diffuser des films pornographiques, le bruit a couru qu'on pouvait annuler les effets du cryptage en regardant l'écran à travers… une passoire à nouilles ! Et plus d'un adolescent s'est retrouvé, un premier samedi du mois, le regard rivé sur l'écran, une passoire devant les yeux, tentant désespérément de deviner un bout de sein ou de fesse, tout en sursautant au moindre craquement de parquet, de peur de se faire attraper et d'avoir à fournir des explications forcément confuses.

Déguisements de cérémonie.

Cours d'histoire et de géographie : la première guerre mondiale.

place à forte valeur stratégique et symbolique l'essentiel de l'armée française pour la saigner à blanc ; mais les Français commandés par le général **Pétain** tinrent bon.

- Quelques mois plus tard, les Franco-Britanniques essayèrent à leur tour cette « stratégie de l'épuisement » sur la **Somme,** mais en vain également.

• **En 1917,** l'offensive anglaise en **Artois,** puis l'offensive française, dirigée par le général **Nivelle,** sur le **Chemin des Dames,** se terminèrent également par des échecs extrêmement sanglants.

3. Un caisson d'artillerie allemande circulant à grand'peine sur le terrain conquis *(Cap-Roger-Viollet).*

1914-1918 LA GRANDE GUERRE 93

Bref, les parties de football entre copains nous intéressent de moins en moins, et les heures d'étude et de colle passent bien plus vite lorsque nous sommes assis à côté de la propriétaire de jolies boucles blondes, même sous le regard bovin du pion.

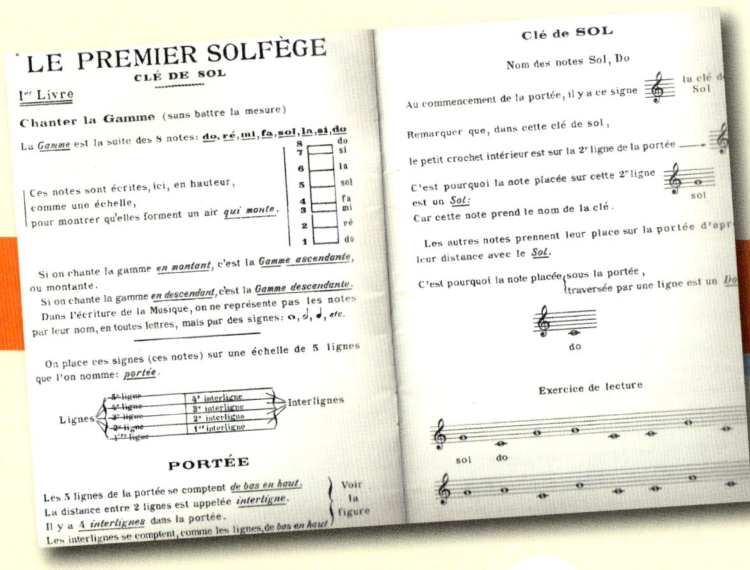

LE PREMIER SOLFÈGE
CLÉ DE SOL

1er Livre

Chanter la Gamme (sans battre la mesure)

La *Gamme* est la suite des 8 notes: **do, ré, mi, fa, sol, la, si, do**

Ces notes sont écrites, ici, en hauteur, comme une échelle, pour montrer qu'elles forment un air *qui monte*.

Si on chante la gamme *en montant*, c'est la *Gamme ascendante*, ou montante.

Si on chante la gamme *en descendant*, c'est la *Gamme descendante*.

Dans l'écriture de la Musique, on ne représente pas les notes par leur nom, en toutes lettres, mais par des signes: 𝅝, 𝅗𝅥, ♩, *etc.*

On place ces signes (ces notes) sur une échelle de 5 lignes que l'on nomme: *portée*.

PORTÉE

Les 5 lignes de la portée se comptent *de bas en haut.*
La distance entre 2 lignes est appelée *interligne*.
Il y a *4 interlignes* dans la portée.
Les interlignes se comptent, comme les lignes, *de bas en haut*
Voir la figure

Clé de SOL

Nom des notes Sol, Do

Au commencement de la portée, il y a ce signe 𝄞 la clé de Sol

Remarquer que, dans cette clé de sol,

le petit crochet intérieur est sur la 2e ligne de la portée →

C'est pourquoi la note placée sur cette 2e ligne est un *Sol:* (sol)

Car cette note prend le nom de la clé.

Les autres notes prennent leur place sur la portée d'apr[...] leur distance avec le *Sol*.

C'est pourquoi la note placée (sous la portée, traversée par une ligne) est un *Do*

do

Exercice de lecture

Cours de solfège au collège.

God Save the Queen

Pour ceux d'entre nous qui grandissent dans une famille croyante, l'année de nos 11 ans est également marquée par notre communion solennelle. Pour une fois, je suis l'acteur principal de la cérémonie, ce qui me permet d'échapper enfin au déguisement obligatoire lors des mariages, baptêmes et autres réjouissances officielles : socquettes blanches, mocassins et surtout bermudas en flanelle, supplice absolu, symbole d'atroces démangeaisons.

Cette profession de foi est une étape importante, une sorte de rite de passage, mais aussi, plus prosaïquement, l'occasion de faire un grand repas et de recevoir de nombreux présents. À côté du missel doré à l'or fin et du

C'est le temps des veillées agrémentées de chansons à la guitare.

La relève
de la garde.

chapelet en bois d'olivier, on reçoit traditionnellement une belle montre et une jolie gourmette, que je m'empresse de perdre lors d'un match de rugby particulièrement serré.

Deux ans plus tard, nouveau voyage, moins spirituel mais tout aussi enrichissant : je pars trois semaines en Grande-Bretagne, dans la famille de mon correspondant.

Le voyage en autocar promet d'être spartiate, surtout que, si les travaux de percement du tunnel sous la Manche ont déjà commencé, il faut toujours prendre le ferry pour rejoindre Douvres. Ah, l'Angleterre ! Conduite à gauche, spécialités culinaires « originales », relève de la garde, Tower Bridge... Je ne sais plus où donner de l'appareil photo.

Outre le dépaysement, ce genre de voyages permet avant tout de grandir et d'élargir son horizon... Même si je m'aperçois rapidement qu'en dépit de la barrière de la langue, les jeunes Britanniques ont les mêmes goûts et les mêmes aspirations que leurs voisins d'outre-manche, avec un intérêt particulier pour le *french kiss* et *Joe le taxi* de Vanessa Paradis.

Vous habitez chez vos parents ?

Cette chanson figure en bonne place dans les playlists des boums du week-end. Ces fêtes, que nos parents appelaient « surprises-parties », sont généralement organisées dans des garages aux murs revêtus pour l'occasion de posters représentant des groupes de pop au look improbable, des chanteuses anglo-saxonnes au soutien-gorge trop modeste pour contenir leur poitrine opulente, ou des bellâtres nordiques dont la voix haut perchée fait se pâmer les adolescentes pubères…

Le jour J, branle-bas de combat matinal : la salle de bains restera occupée durant de longues heures. Tout est dans le look – jeans, chemise ou t-shirt, sans oublier le gel dans les cheveux. Un dernier chewing-gum pour s'assurer une haleine fraîche, et en route ! On exigera de nos parents d'éviter de nous déposer juste devant la porte, et de ne pas s'éterniser.

Chaque invité débarque avec ses 45 tours et ses cassettes enregistrées pour l'occasion, compilant les tubes du moment. Le CD n'en est encore qu'à ses débuts et bien peu d'entre nous en possèdent. Le DJ de circonstance propose un flot ininterrompu de musique sans réelle cohérence stylistique. Un peu de rock, beaucoup de new wave et de variété, et surtout des slows, passage obligé pour rapprocher filles et garçons qui, jusque-là, restaient groupés par sexe de part et d'autre du buffet, improvisé avec des tréteaux et une nappe en papier.

La glace est enfin rompue et tout le monde se mélange. À deux, on part faire un petit tour pour crapoter quelques cigarettes soustraites aux parents, dont il faudra étouffer l'odeur grâce à des chewing-gums.

On profite des slows pour tenter une approche, qui se terminera au mieux par un baiser aussi langoureux que maladroit, au pire par une gifle bien sentie pour nous punir d'avoir mis les mains là où il ne fallait pas.

Le ghettoblaster est roi.

La compilation, outil essentiel d'une boum réussie.

Télévisions

En l'espace de vingt ans, le petit écran détrône à la fois la presse écrite en matière d'information, et le cinéma dans le domaine du divertissement.
L'histoire de ce qui s'appellerait bientôt le PAF (paysage audiovisuel français) commence le 1er janvier 1975 avec l'éclatement de l'ORTF et la création de trois chaînes autonomes : TF1, Antenne 2 et FR3. Les programmes proposés sont sensiblement les mêmes, à cette différence près que FR3 a, dès sa création, une vocation régionale, même si la chaîne demeure confidentielle (trois heures de programmes quotidiens sur une partie du territoire).
À partir de 1976, économie d'énergie oblige, les programmes se terminent vers 23 heures. Les émissions en noir et blanc sont encore nombreuses et ne disparaîtront définitivement qu'en 1983. Du reste, le taux d'équipement en téléviseurs couleurs reste faible jusqu'au début des années 1980.
Dès leur création, les différentes chaînes rivalisent d'inventivité. Chaque dimanche, TF1 propose « Le Petit Rapporteur », une émission satirique présentée par Jacques Martin. En semaine, « Midi première », une émission de variétés, est présentée par Danièle Gilbert.
Antenne 2 propose également de nouvelles émissions comme « Apostrophes », le rendez-vous littéraire de Bernard Pivot, ou « Récré A2 » avec sa jeune présentatrice, Dorothée. C'est là que sont diffusés les premiers dessins animés japonais, comme « Goldorak », « Albator » ou « Candy » héroïne de toute une génération.
Les programmes phares de FR3 sont « L'Île aux enfants », diffusée par la suite sur TF1, « Les Jeux de 20 heures » présentés par Jean-Pierre Descombes et Maître Capello, et « Thalassa ».
Le soir, on fait honneur aux variétés avec, notamment, les émissions produites par Maritie et Gilbert Carpentier ou Guy Lux.
Le sport n'est pas en reste avec « Sports dimanche » ou « Stade 2 », où officient Robert Chapatte et Roger Couderc.
Le journal télévisé est présenté tour à tour par PPDA, Christine Ockrent, Jean-Claude Bourret, le taciturne Roger Gicquel et l'inénarrable Yves Mourousi, dont le mythique « bonjour » résonnera durant plus de dix ans au début du « 13 heures » de TF1.
Au milieu des années 1980, le PAF se transforme. De culturelle, la télévision devient divertissante. TF1 ouvre le bal en 1984 avec une série d'émissions comme « Porte bonheur », « Le Jeu de la vérité » (Patrick Sabatier), « Carnaval » (Patrick Sébastien) ou « Cocoricocoboy » (Stéphane Collaro).
C'est également à cette époque que les séries américaines débarquent en force. Aux « Dallas » et autres « Dynastie », les producteurs français répondent par « Châteauvallon » et la première sitcom hexagonale, « Maguy ». Un peu plus tard, les classiques « Arnold et Willy » ou « Happy days » côtoieront « Supercopter » et « K2000 ».
Les émissions politiques – « Sept sur sept » et « L'Heure de vérité » – et polémiques – « Droit de réponse », présentée par Michel Polac – sont également très populaires.
En novembre 1984, naît Canal+, première chaîne payante, qui se singularise par la diffusion de films récents et la retransmission du championnat de France de football. La chaîne propose un ton nouveau avec des émissions comme le « Top 50 », « Coluche 1 Faux », puis « Nulle part ailleurs » avec Les Nuls.
En 1987, TF1 est privatisée et entre dans le giron du groupe Bouygues. L'audience primera désormais la qualité des programmes.

La famille Ewing s'invite chez nous tous les samedis soir.

En février 1986 est créée une nouvelle chaîne privée, La Cinq, qui propose des jeux et des shows inspirés des chaînes italiennes de son principal actionnaire, Silvio Berlusconi. Sa concession sera résiliée le 3 février 1987. S'alliant aux anciens propriétaires, Robert Hersant reprend la chaîne, qui n'émettra que sur une partie du territoire : l'audience ne sera pas au rendez-vous. Elle est reprise par Hachette en 1990, qui veut en faire une concurrente de TF1. L'audience reste stable, mais La Cinq sera placée en liquidation judiciaire et cessera d'émettre le 12 avril 1992.
Le 1er mars 1987, la chaîne musicale TV6, dont l'autorisation d'émission n'a pas été renouvelée, s'éteint. Elle est aussitôt remplacée par M6 qui diffuse avant tout des clips musicaux et des séries.
Petite dernière du PAF, La Sept commence à diffuser quelques programmes en 1989. Ils sont repris sur FR3 avant que la chaîne ne soit absorbée par la franco-allemande Arte, créée en 1990.

1989-1992

Vers une vie d'adulte

Les stars du journal local.

L'âge bête

En septembre 1989, nous entrons au lycée. Trois mois plus tôt, nous avons obtenu le brevet des collèges, notre premier diplôme. Rien n'est vraiment différent d'avec le collège, si ce n'est que les enseignants sont un peu plus exigeants sur le travail personnel. Il faut commencer à envisager la suite et, dès l'année suivante, nous devrons opter pour une filière de baccalauréat : A pour les littéraires, B pour les « économistes » et S pour les scientifiques. Ceux qui ne souhaitent pas suivre la voie générale ont déjà bifurqué vers

Chronologie

25 avril-4 juin 1989
Printemps de Pékin : les manifestations sont réprimées dans le sang sur la place Tienanmen.

9 novembre 1989
Chute du mur de Berlin.

20 décembre 1989
Intervention américaine au Panamá pour renverser le général Noriega.

22 décembre 1989
Nicolae Ceausescu est renversé. Il sera exécuté avec sa femme trois jours plus tard.

11 février 1990
Libération de Nelson Mandela.

2 août 1990
Les troupes irakiennes envahissent le Koweït.

1er décembre 1990
Le tunnel sous la Manche est percé.

1991
Les républiques soviétiques proclament leur indépendance.

2 mars 1991
Décès de Serge Gainsbourg.

2 juin 1991
Abolition des dernières lois d'apartheid.

25-26 juin 1991
Indépendance de la Croatie et de la Slovénie.

9 décembre 1991
En Pologne, Lech Walesa est élu président de la République.

26 décembre 1991
Le Soviet suprême dissout formellement l'URSS.

11 janvier 1992
Suite à la victoire du Front islamique du salut au premier tour des élections législatives, l'armée prend le pouvoir en Algérie.

12 avril 1992
Ouverture du parc Eurodisney à Marne-la-Vallée.

Hiver 1992
Les Jeux olympiques ont lieu à Albertville, en Savoie.

20 septembre 1992
Référendum sur le traité de Maastricht.

3 novembre 1992
Bill Clinton est élu président des États-Unis.

Tout est dans la posture.

une filière professionnelle, qui leur permettra d'obtenir un CAP, un BEP ou un bac professionnel.

Cette période est aussi celle d'une épreuve à laquelle nul n'échappe, surtout pas les parents, qui voient leur enfant, autrefois si doux et si calme, laisser la place à une créature étrange, aux mœurs et aux réactions aussi bizarres et imprévisibles que sa peau est grasse. L'adolescent est là, avec son cortège de portes qui claquent, de crises de nerf, de silences interminables et de tentatives maladroites de cacher les jolis débordements hormonaux qui bourgeonnent un peu partout sur son visage. Quant à son fin duvet noirâtre, semblable aux plumes d'un oisillon tombé du nid, il nécessite bientôt un premier rasage, effectué sous l'œil moqueur du père – ce qui ne manque pas de créer une énième crise.

Belle des champs.

Les hormones, parlons-en ! Adieu, petits flirts autour d'un verre de Coca-Cola en écoutant la dernière bluette de Glenn Medeiros ; bonjour, situations plus poussées en regardant le dernier clip osé de Mylène Farmer. Nous trouvons désormais la compagnie des jeunes filles bien plus intéressante que celle des collectionneurs de pin's ou de cartes téléphoniques.

Avec la question de la sexualité, se pose inévitablement celle du sida. VIH, séropositivité, sang contaminé, préservatif, maladies sexuellement transmissibles… Peu à peu, ces expressions nous seront tristement familières et introduiront une notion de danger mortel là où il ne devrait être question que de plaisir. Heureusement, tout n'est pas si noir. Nous sommes bien informés sur les risques encourus, et le planning familial permet aux jeunes filles un accès facile à la contraception.

Vent d'Est

1989 : Alors que la France fête le bicentenaire de la Révolution, 1789 semble avoir fait des émules de l'autre côté du rideau de fer. La glasnost et la perestroïka ont fait naître une lueur d'espoir chez ces peuples, soumis depuis quarante ans à la « dictature du prolétariat ».
Très vite, la machine s'emballe, et ce qui n'était au départ qu'un léger vent de liberté se transforme en véritable tempête. Chacun retient son souffle et attend la réaction du « grand frère » soviétique. Le souvenir de l'écrasement des insurrections de Budapest et de Prague par les chars de l'Armée rouge laisse craindre le pire. Contre toute attente, Moscou ne réagira pas.
À l'été 1989, plusieurs centaines d'Allemands de l'Est en vacances en Hongrie passent en Autriche ou se réfugient dans des ambassades occidentales. Très vite, Berlin perd le contrôle de la situation et l'exode devient massif. À l'automne, les manifestations se multiplient ; et le 9 novembre 1989, sous les yeux du monde entier, les Allemands venus des deux côtés font tomber le mur de Berlin.
Il est rapidement question de réunifier le pays : sous la conduite du chancelier Helmut Kohl, l'Allemagne renaîtra sur les cendres de la guerre froide le 3 octobre 1990.
En Pologne, le régime du général Jaruzelski laisse place à un gouvernement libéral dirigé

notamment par les membres de Solidarnosc. En Tchécoslovaquie, la transition démocratique se fait dans le calme avec la révolution de Velours. Il en va de même en Hongrie et en Bulgarie, où les régimes communistes s'écroulent comme des châteaux de cartes. En Roumanie, le despote mégalomane Nicolae Ceausescu, au pouvoir depuis 1965, est de plus en plus contesté. Le 16 décembre 1989, à Timisoara, l'armée ouvre le feu sur une foule de manifestants. La contestation s'étend bientôt à tout le pays. Lâchés par l'armée, le dictateur et sa femme s'enfuient. Arrêtés puis jugés par un tribunal autoproclamé et expéditif, ils sont exécutés le 25 décembre. C'est le Front de salut national qui prend le pouvoir. Depuis la mort de Tito en 1980, les tensions règnent dans les différentes républiques fédérées de Yougoslavie, en proie à la fièvre nationaliste. En 1989, l'arrivée au pouvoir de Slobodan Miloševic, champion du nationalisme serbe, et les velléités d'autonomie des autres républiques, accentuent la menace d'un éclatement du pays.

La Slovénie et la Croatie déclarent leur indépendance le 25 juin 1991. L'armée fédérale (JNA), majoritairement composée de Serbes, intervient. Si en Slovénie, les forces locales remportent une victoire rapide, en Croatie, la minorité serbe de Krajina appuie la JNA dans de féroces combats, qui ne cesseront qu'après la signature d'un cessez-le-feu de statu quo *en 1992.*

La guerre se déplace alors en Bosnie-Herzégovine, indépendante depuis le 29 février 1992. C'est le début d'un conflit fratricide d'une rare violence, dans lequel massacres et épuration ethnique deviennent le lot quotidien des populations civiles.

Job

Pourquoi ne pas devenir réparateur de skate-board?

À nouveaux besoins, nouvelles ressources : comme les quelques dizaines de francs d'argent de poche que je reçois ne suffisent plus à satisfaire mon train de vie, je décide de profiter des vacances d'été pour trouver un petit boulot qui améliorera l'ordinaire et, surtout, me permettra de m'acheter enfin un vélomoteur. Nous sommes beaucoup à travailler, qui dans un supermarché, qui dans l'entreprise qui emploie nos parents. Pour mon premier job d'été, je vais passer plusieurs semaines dans les champs à castrer le maïs. Travail assez fatigant, qui me fait regretter plus d'une fois l'absence d'une machine capable de faire ce travail à ma place. Je finirai par abandonner mes réflexions agronomiques pour profiter de mon premier salaire et investir dans l'engin de mes rêves.

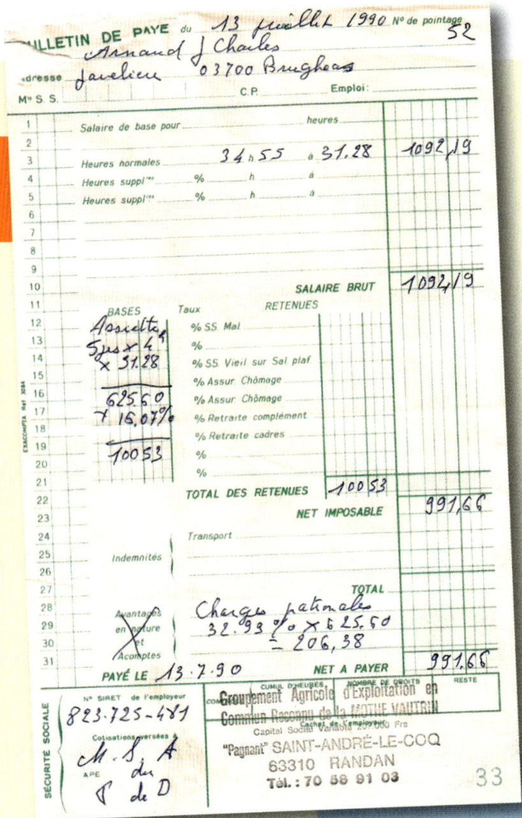

BULLETIN DE PAYE du 13 juillet 1990 N° de pointage 52
Arnaud J Charles
Adresse Javelieu 03700 Brugheas
C.P. Emploi :
M° S.S.

1	Salaire de base pour heures		
3	Heures normales 34 h 55 à 31,28		1092,19
4	Heures suppl. % h à		
5	Heures suppl. % h à		
10		SALAIRE BRUT	1092,19

BASES	Taux	RETENUES
Assiette 5 jours x 4,9 x 31,28	% S.S. Mal.	
625,50 x 16,07 %	% S.S. Vieil. sur Sal. plaf.	
100,53	% Assur. Chômage	
	% Assur. Chômage	
	% Retraite complément	
	% Retraite cadres	
	TOTAL DES RETENUES	100,53

NET IMPOSABLE 991,66

Indemnités — Transport

TOTAL

Avantages en nature et Acomptes — Charges patronales 32,93 % x 625,50 = 206,38

PAYÉ LE 13.7.90 — NET A PAYER 991,66

SÉCURITÉ SOCIALE — N° SIRET de l'employeur 823-725-481 — Cotisations versées à M.S.A. du P. de D.

Groupement Agricole d'Exploitation en Commun Reconnu de la MOTHE VAUTRIN
"Pagnant" SAINT-ANDRÉ-LE-COQ
63310 RANDAN
Tél. : 70 58 91 03

33

Désormais, plus besoin de demander à nos parents de nous déposer à tel ou tel endroit : nous sommes libres. C'est donc une véritable horde sauvage qui déferle sur la ville, dans les rugissements de nos pots d'échappement trafiqués pour gagner quelques chevaux de puissance, bien dérisoires.

Nous vivons le temps de l'insouciance, où les journées et les soirées s'écoulent entre parties de billard et séances de drague à la sortie du lycée. D'autres continuent de préférer les collections de pin's ou de cartes de téléphone… Chacun son truc.

Tout travail mérite salaire.

Dix-huit ans de cinéma

En 1974, un coup de tonnerre ébranle le petit monde du cinéma. Emmanuelle, *film érotique de Just Jaeckin, remporte un grand succès. Le film tiendra le haut de l'affiche sur les Champs-Élysées pendant dix ans et fera beaucoup pour l'industrie du fauteuil en rotin. Paradoxalement, ce triomphe sera responsable de la création du classement X, en 1975. Désormais, les films de cette catégorie ne pourront plus être diffusés dans les circuits classiques. Sylvia Kristel n'aura pas la chance de figurer au palmarès des Césars, dont la première cérémonie est organisée en 1976, sous la présidence de Jean Gabin qui mourra quelques mois plus tard. Bien des grandes figures du 7ᵉ art disparaissent à l'époque, comme Alfred Hitchcock, Charlie Chaplin ou John Wayne.*

À la fin des années 1970, Hollywood ressemble à une foire aux muscles où se bouscule une ribambelle de héros bodybuildés. En dépit de quelques réussites, comme Rocky *ou le premier volet de* Terminator *de James Cameron, ces films s'avèrent le plus souvent de sombres navets. La palette d'expressions de leurs interprètes se résume à une demi-douzaine de mimiques, et leurs vêtements ont l'étrange particularité de tomber en lambeaux au contact de la sueur.*

La production de ces films commerciaux pour public peu exigeant et adolescents en mal de superhéros devient bientôt quasi industrielle. Grâce au développement rapide du magnétoscope et du vidéoclub, on peut ainsi voir et revoir Chuck Norris, Arnold Schwarzenegger ou encore Michael Dudikoff (le fameux Ninja Blanc) bander leurs muscles pour venir à bout de cartels de la drogue sud-américains et de créatures extraterrestres, le « méchant » restant souvent un fourbe et cruel agent moscovite.

Heureusement, cette période voit aussi émerger des réalisateurs de talent : Martin Scorsese, Brian de Palma, David Lynch, Luc Besson, Pedro Almodovar, Ridley Scott, Oliver Stone, puis Jonathan Demme, David Fincher, Quentin Tarantino... Sur les écrans apparaissent un certain nombre de films marquants comme Apocalypse Now, Scarface, E.T. *ou bien encore* Cyrano de Bergerac, Le Cercle des poètes disparus, Le Dernier Métro...

*Autre invention des studios hollywoodiens : la trilogie (ou quadrilogie, voire pentalogie...), ou comment user et abuser d'un succès. Là aussi, les navets (*Un justicier dans la ville *avec Charles Bronson) côtoient les grands moments de cinéma (*Le Parrain, Les Aventuriers de l'arche perdue...*) et les films dont l'unique fin est d'augmenter les audiences télé du dimanche soir (*L'Arme fatale, Retour vers le futur, Le Flic de Beverley Hills...*).*

Parmi ces films à épisodes, celui qui marquera le plus l'histoire du 7e art est sans aucun doute Star Wars. *Luke Skywalker, Darth Vador, Han Solo, Chewbacca et Yoda deviennent les héros mythiques de plusieurs générations. Maquettes, figurines, jeux vidéo... Le film est le premier à être décliné en toutes sortes de produits dérivés.*

De plus en plus concurrencé par la télévision, le cinéma garde néanmoins sa fascination et son pouvoir polémique. En 1988, La Dernière Tentation du Christ, *de Martin Scorsese, provoque une vive réaction dans certains milieux catholiques intégristes, au point que des cinémas projetant le film seront visés par des attentats.*

Darth Vador, notre méchant préféré.

Devant les reliques du mur de Berlin.

À l'Est, du nouveau

Cette insouciance sera pourtant de courte durée : la course du monde va nous rattraper, et donnera à notre sensation de liberté une dimension historique. L'été 1989, celui de nos 15 ans, va nous saisir d'émotion : les yeux rivés à la télévision, nous assistons à la chute d'un empire, symbolisée par ces milliers d'Allemands armés de pioches s'attaquant au « mur de la honte ».

Ultimes peurs devant l'ogre soviétique, dont les soubresauts et la rhétorique répressive ne sont plus que les spasmes d'un géant malade à l'agonie. Hongrois, Polonais, Tchécoslovaques, Baltes... Dans un même élan, ces peuples verront leur libération sceller la réconciliation d'une Europe trop longtemps divisée.

Pourtant, ces révolutions européennes vont laisser un léger arrière-goût de sang. En décembre 1989, le premier Noël de l'Europe réunifiée est gâché par les relents de guerre civile qui frappent la Roumanie. Déjà, les images diffusées à la télévision font de nous des voyeurs, stupéfiés par les corps sans vie d'un dictateur déchu et de son épouse.

Sensationnalisme, information-spectacle... Quelques mois plus tard, les pulsions expansionnistes d'un despote oriental nous plongent dans un déferlement d'images où des troupes manœuvrent dans le désert saoudien. La guerre du Golfe a éclaté.

Les manipulations permanentes, les mensonges autour de bébés koweïtiens dont les couveuses auraient été débranchées par des soldats irakiens sans scrupules, les gesticulations quotidiennes de généraux-experts en retraite... Nous, pauvres lycéens abreuvés de ces scoops et de cette rhétorique guerrière, nous voyons planer au-dessus de nos têtes l'ombre noire d'un chauvinisme douteux. Les Jaguars de l'armée de l'air s'envolent pour bombarder l'Irak avec des missiles téléguidés tout droit sortis d'un mauvais film hollywoodien. On ne fait plus la guerre, ou seulement une guerre de jeux vidéo : seul le méchant y meurt, abattu par des frappes « chirurgicales ».

Une fois Saddam Hussein vaincu, on nous promet la « fin de l'Histoire », le début d'un long règne de paix démocratique. Mais il était dit que le XXe siècle finirait là où il avait commencé, dans les Balkans et le sang des populations yougoslaves.

Un sourire très naturel.

« Jospin si tu savais, ta réforme, ta réforme, Jospin, si tu savais, ta réforme où on s'la met... »

Premiers émois amoureux, mais également premières émotions politiques. En effet, c'est dans un même élan que, comme beaucoup de lycéens et d'étudiants, nous allons manifester contre une énième réforme de l'Éducation nationale portée par le ministre de l'Éducation de l'époque, Lionel Jospin.

Trop jeunes pour y participer, nous n'avions assisté qu'en spectateurs aux manifestations étudiantes de 1986, qui avaient dégénéré en violents affrontements avec la police, suivis du meurtre de Malik Oussekine, et de la marche contre le racisme avec son fameux slogan « Touche pas à mon pote ».

Nous partîmes cinq cents, mais par un prompt renfort, nous nous vîmes... cinq cents en arrivant près de la place de la gare, point de départ de la manifestation. Nous ne sommes pas des milliers comme dans les cortèges parisiens, mais le cœur y est.

Sous les banderoles patiemment fabriquées la veille grâce à de vieux draps, et après de longues heures passées à débattre de la tactique à adopter pour être de parfaits petits manifestants, nous voici arpentant vaillamment les rues, prêts à en découdre avec le mince cordon de policiers chargés de nous encadrer.

Et même si notre engagement politique s'est interrompu aux premières gouttes de pluie pour trouver refuge dans le café du coin, nous passons les heures suivantes à refaire le monde en nous partageant trois cafés pour quatre, la cigarette au bec.

Cet intérêt pour la politique ne se limite pas à la théorie, puisque le référendum sur le traité de Maastricht nous donne pour la première fois l'occasion de voter.

Comment meurent les empires

En 1982, tandis que l'Armée rouge s'enlise dans les montagnes afghanes, l'URSS pleure Léonid Brejnev, secrétaire général du parti communiste et symbole de la plus grande rigidité soviétique. Youri Andropov, qui lui succédait, puis Constantin Tchernenko, meurent rapidement après leur arrivée au pouvoir. Apparaît alors sur la scène internationale un obscur fonctionnaire du ministère de l'Agriculture, Mikhaïl Gorbatchev. Avec sa silhouette râblée et une tache de vin au sommet de son crâne dégarni, il sera le symbole de l'ouverture de l'URSS avant de devenir celui de sa chute.

L'URSS des années 1970 donnait l'image d'un empire dont la puissance n'était égalée que par celle des États-Unis, exerçant une emprise totale sur les pays de l'Est et une influence importante sur le Tiers Monde, doté d'un territoire immense et d'un impressionnant arsenal militaire. Pourtant, dès le milieu de la décennie, le paravent de chars et de missiles peine de plus en plus à cacher les lézardes d'un système économique décrépi.

Même l'approvisionnement de la population en produits de première nécessité n'est plus assuré. L'urgence est telle que Moscou doit se résoudre à importer du blé américain !

Sur le plan diplomatique, plus question de confrontation Est-Ouest : on ne parle plus que de coexistence pacifique, dont les points d'orgue sont le traité Salt sur la limitation des armes stratégiques (1972), la

mission spatiale commune Apollo-Soyouz et les accords d'Helsinki sur la sécurité en Europe (1975).
Les années 1980 s'ouvrent sur une brusque crispation des rapports entre les deux « grands ». Avec le conflit en Afghanistan, les euromissiles et l'état d'urgence décrété en Pologne, le spectre de l'affrontement refait surface. La guerre froide se réchauffe d'autant plus qu'à Washington, le conciliant Jimmy Carter a cédé la place à un Ronald Reagan bien décidé à en découdre. L'ancien acteur de série B relance la course aux armements et présente au monde ébahi son Initiative de défense stratégique, un système antimissile reposant notamment sur un réseau de satellites. Moscou n'a plus les moyens de suivre.
En arrivant à la tête du pays en mars 1985, Gorbatchev entreprend une série de réformes économiques (perestroïka) et de timides avancées sur le plan démocratique (glasnost), tout en maintenant des rapports cordiaux avec les États-Unis. Dès 1988, le rideau de fer se fissure. Les pays de l'Est s'engouffrent dans les brèches ouvertes par les réformes de Gorbatchev. Le processus est irréversible, et le mur de Berlin s'effondre le 9 novembre 1989.
L'agonie de l'URSS va durer deux ans. Une à une, les républiques soviétiques déclarent leur indépendance : pays baltes, Ukraine, Arménie… Même la Russie ne veut plus entendre parler de communisme. En août 1991, dernier soubresaut d'un géant déjà mort, des communistes purs et durs tentent un putsch désespéré. Gorbatchev, placé en résidence surveillée en Crimée, n'est plus maître de la situation. C'est Boris Eltsine qui, aidé par l'armée et le peuple moscovite, rétablit le calme.
La fin est inéluctable. Gorbatchev démissionne le 25 décembre 1991, quelques heures après que Boris Eltsine a proclamé la dissolution de l'Union soviétique et l'indépendance de la Russie.

En 1991, Boris Eltsine défie Mikhaïl Gorbatchev : l'URSS est à l'agonie.

Il ne passera pas par moi

À la fin des années 1970, des médecins américains constatent que plusieurs de leurs patients, notamment des homosexuels, développent une maladie dont ils n'arrivent pas à expliquer les symptômes. Au début des années 1980, elle prendra le nom de « sida » (syndrome d'immunodéficience acquise).
Ce n'est qu'en 1983 que des équipes de chercheurs français et américains identifient le virus responsable du sida, le VIH (virus de l'immunodéficience humaine).
Entre-temps, la maladie s'est étendue à toutes les couches de la population et touche désormais des millions de personnes à travers le monde.
Très vite, on s'aperçoit que le virus se transmet uniquement par le sang et les fluides sexuels, et qu'il est assez aisé de s'en protéger. Cette certitude n'empêchera pas une véritable hystérie collective. Les homosexuels comme les toxicomanes sont stigmatisés, et les hypothèses les plus absurdes circulent sur les origines de la maladie comme sur les façons de la contracter.
Des rumeurs irrespectueuses courent sur plusieurs personnalités, notamment à partir du moment où l'on apprend le décès de l'acteur américain Rock Hudson des suites de la maladie. Chaque décès d'acteur est teinté de soupçon, chaque personnalité un peu amaigrie est déclarée séropositive... Isabelle Adjani ira jusqu'à s'inviter au Journal de 20 heures pour démentir les rumeurs qui la disaient mourante.
Le scandale du sang contaminé, quant à lui, est on ne peut plus réel. Plusieurs centaines de personnes contracteront la maladie suite à des transfusions réalisées avec du sang infecté par le virus.
Heureusement, la mobilisation contre la maladie permettra, sinon de stopper l'épidémie, du moins de freiner sa progression. Plusieurs campagnes sont lancées afin de promouvoir l'usage du préservatif, seul moyen véritablement efficace contre la maladie. Parallèlement, les premiers traitements apparaissent au début des années 1990.

Freddie Mercury, victime du sida.

Passe ton bac d'abord !

Par-delà les manifestations, une épreuve bien plus importante se profile à l'horizon : le bac, sésame quasiment obligatoire pour intégrer l'enseignement supérieur. Les premiers examens ont lieu en classe de première, et concernent les épreuves de français. On a potassé Voltaire, Baudelaire, Montaigne et Rimbaud durant des heures, au fil des pages du *Lagarde et Michard*, bible du lycéen en cinq tomes, embrassant la quintessence de la littérature française, ouvrage aussi rébarbatif qu'instructif.

Le grand jour arrive enfin avec la première épreuve, la plus aléatoire : celle de philosophie. Bienheureux

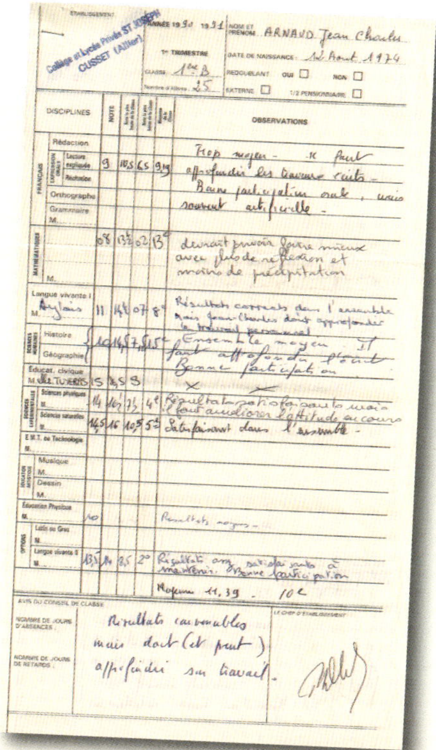

Établissement : Collège et Lycée Privés ST JOSEPH CUSSET (Allier)

Année 1990 1991 — 1er trimestre — Classe 1ère B — Nombre d'élèves 25

Nom et prénom : ARNAUD Jean Charles — Date de naissance : 12 Août 1974

Redoublant oui ☐ non ☐ — Externe ☐ 1/2 pensionnaire ☐

Disciplines	Note				Observations
Français : Rédaction / Lecture expliquée / Récitation / Orthographe / Grammaire	9	10,5	6,5	9,19	Trop moyen - Il faut approfondir les travaux écrits - Bonne participation orale, mais souvent artificielle -
Mathématiques	08	13½	02	13e	devrait pouvoir faire mieux avec plus de réflexion et moins de précipitation
Langue vivante I Anglais	11	14½	07	8e	Résultats corrects dans l'ensemble mais Jean-Charles doit approfondir le travail personnel
Sciences humaines : Histoire / Géographie	10	14,5	7,5	15e	Ensemble moyen. Il faut approfondir l'écrit. Bonne participation
Éducat. civique	15	16,5	3		
Sciences expérimentales : Sciences physiques	14	16½	7½	4e	Résultats satisfaisants mais il faut améliorer l'attitude au cours
Sciences naturelles	14,5	16	10,5	5e	Satisfaisant dans l'ensemble -
E.M.T. ou Technologie					
Musique					
Dessin					
Éducation Physique	10				Résultats moyens -
Options : Latin ou Grec					
Langue vivante II	13,5	14	3,5	2e	Résultats assez satisfaisants à maintenir. Bonne participation
					Moyenne 11,39 - 10e

Avis du conseil de classe : Résultats convenables mais doit (et peut) approfondir son travail.

Le chef d'établissement : [signature]

Peut toujours mieux faire.

celui qui, au terme de quatre heures de dissertation, peut s'enorgueillir d'avoir passé l'épreuve haut la main. Quelques jours de répit, puis une deuxième vague d'épreuves : anglais, histoire et géographie, maths, sciences en tout genre selon les filières... Pour finir par un dernier oral de langue vivante.

Inspirée par ses idoles.

Nous vivons dix jours d'angoisse en attendant les résultats. La sentence est presque sans appel : reçu ou recalé, avec un petit sursis pour ceux qui sont admis à l'oral de rattrapage. Mieux vaut ne pas y penser et profiter des premiers jours d'été pour faire la fête, pour passer des après-midi entiers à disputer d'interminables parties de Kick Off ou de Street Fighter, ou pour squatter les terrasses de café en draguant les filles.

La concurrence est rude entre le philosophe autoproclamé, spécialiste de Kant depuis qu'il a déchiffré la quatrième de couverture de *La Critique de la raison pure* ; le guitariste à cheveux gras, compositeur à ses heures, capable de jouer en boucle l'intro de *Smells Like Teen Spirit* de Nirvana en s'arrêtant de temps à autre pour tirer sur sa cigarette roulée ; et le sportif, dont les muscles compensent l'anémie cérébrale. Cerise sur le gâteau, le poète maudit, qui, à la différence du précédent, sait que Rambo n'a rien à voir avec l'auteur des *Illuminations*. Avec le guitariste, le poète est notre adversaire le plus redoutable : ils sont tous les deux capables de faire des rimes, qui, même si elles restent pauvres, sont suffisamment bien tournées pour en faire les idoles de ces demoiselles en mal de joueurs de sérénade.

Un nouveau départ

Les résultats du bac « tombent » enfin. Ceux qui sont reçus ont à peine le temps de fêter ça qu'ils doivent déjà penser à s'inscrire dans l'enseignement supérieur.

Les cursus proposés sont nombreux et le choix difficile : la fac, les filières courtes type BTS, les classes prépa... Il faut remplir des dossiers, se préinscrire, puis s'inscrire grâce au Minitel. Ainsi, nous découvrons que le fleuron de la technologie française ne sert pas uniquement à remplacer l'annuaire téléphonique ni à « converser » sur 3615 Ulla.

Pour certains, les chemins se séparent : il est difficile de s'éloigner des amis avec qui on a usé ses jeans sur les bancs du collège, puis du lycée.

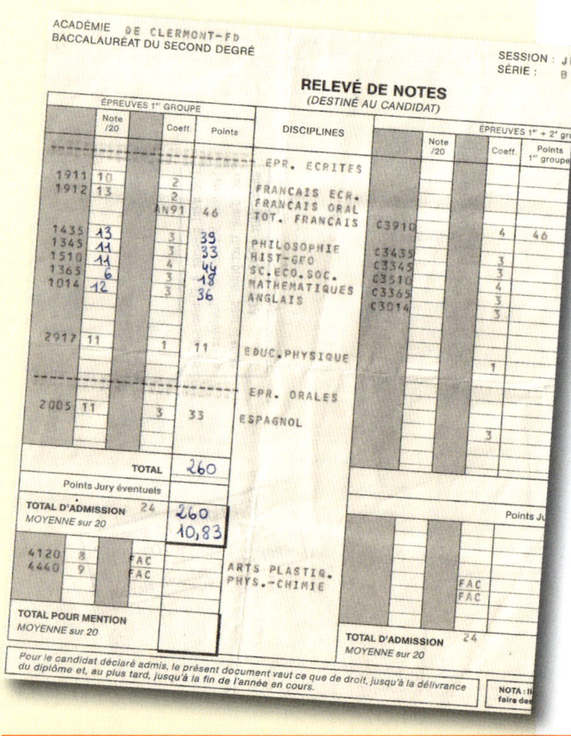
ACADÉMIE DE CLERMONT-FD
BACCALAURÉAT DU SECOND DEGRÉ
SESSION : JU
SÉRIE : B
RELEVÉ DE NOTES
(DESTINÉ AU CANDIDAT)

ÉPREUVES 1er GROUPE	Note /20	Coeff.	Points	DISCIPLINES
				EPR. ECRITES
1911	10	2		FRANCAIS ECR.
1912	13	2		FRANCAIS ORAL
		N91	46	TOT. FRANCAIS
1435	13	3	39	PHILOSOPHIE
1345	11	3	33	HIST-GEO
1510	11	4	44	SC.ECO.SOC.
1365	6	3	18	MATHEMATIQUES
1014	12	3	36	ANGLAIS
2917	11	1	11	EDUC.PHYSIQUE
				EPR. ORALES
2005	11	3	33	ESPAGNOL
		TOTAL	260	
		Points Jury éventuels		
TOTAL D'ADMISSION 24			260	
MOYENNE sur 20			10,83	
4120	8	FAC		ARTS PLASTIQ.
4440	9	FAC		PHYS.-CHIMIE
TOTAL POUR MENTION				
MOYENNE sur 20				

Pour le candidat déclaré admis, le présent document vaut ce que de droit, jusqu'à la délivrance du diplôme et, au plus tard, jusqu'à la fin de l'année en cours.

La moyenne, c'est l'essentiel.

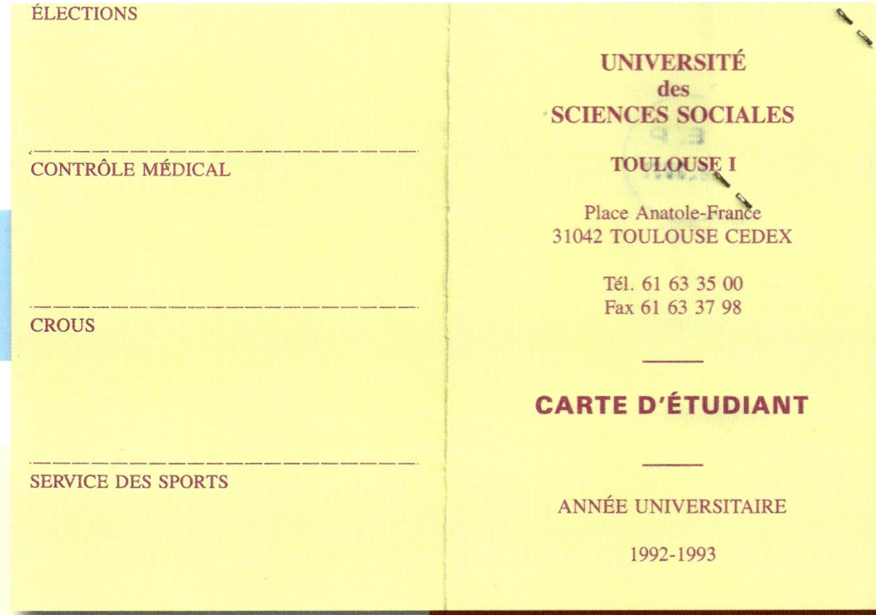
ÉLECTIONS

CONTRÔLE MÉDICAL

CROUS

SERVICE DES SPORTS

UNIVERSITÉ
des
SCIENCES SOCIALES

TOULOUSE I

Place Anatole-France
31042 TOULOUSE CEDEX

Tél. 61 63 35 00
Fax 61 63 37 98

CARTE D'ÉTUDIANT

ANNÉE UNIVERSITAIRE

1992-1993

Une nouvelle identité.

Il faut également prévoir un certain nombre de choses, notamment le sursis pour le service militaire et le passage du permis de conduire.

Je viens d'avoir 18 ans et une nouvelle vie commence, puisque je vis désormais seul dans un petit studio. Je découvre ainsi les joies de la vie étudiante : les cours en amphithéâtre, les travaux dirigés, les fêtes, les engagements politiques et cet art si particulier d'accommoder les pâtes à toutes les sauces. D'une manière ou d'une autre, l'avenir nous appartient.

Le tank était fourni avec le permis de conduire.

Souvenez-vous de vos **premières années...**

Nous, les enfants de...

68 titres, **de 1923 à 1990**, sont **déjà disponibles !**

Grandir à... / Notre enfance

Retrouvez la région ou **la ville** qui vous a vu grandir.

Souvenirs d'enfance

Revivez l'ambiance des années **1950 et 1960** en France !

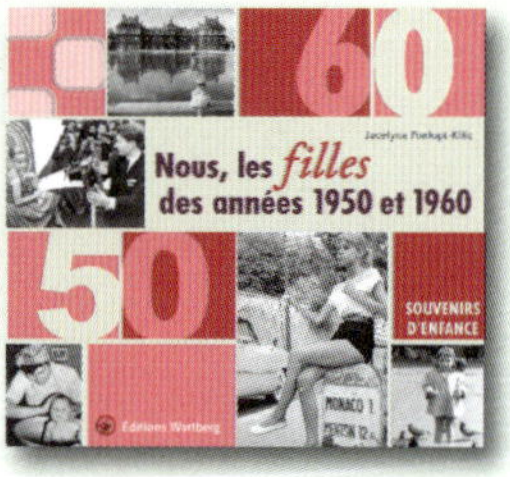

De nombreux autres titres sont en préparation.
Pour plus d'informations, retrouvez-nous sur
notre site : **www.editions-wartberg.com**

Éditions Wartberg | Un département de
Wartberg Verlag GmbH & Co. KG.
Im Wiesental 1
34281 Gudensberg-Gleichen
Allemagne

Diffusion – Distribution SOFEDIS
11, rue Soufflot,
75005 Paris
Tél. 01.53.10.25.25, Fax 01.53.10.25.26